Star Tripper

星旅少年

星辰魂遊旅人誌

坂月魚

2

「我們明天也一起玩吧！」

Contents

episode.06　天使

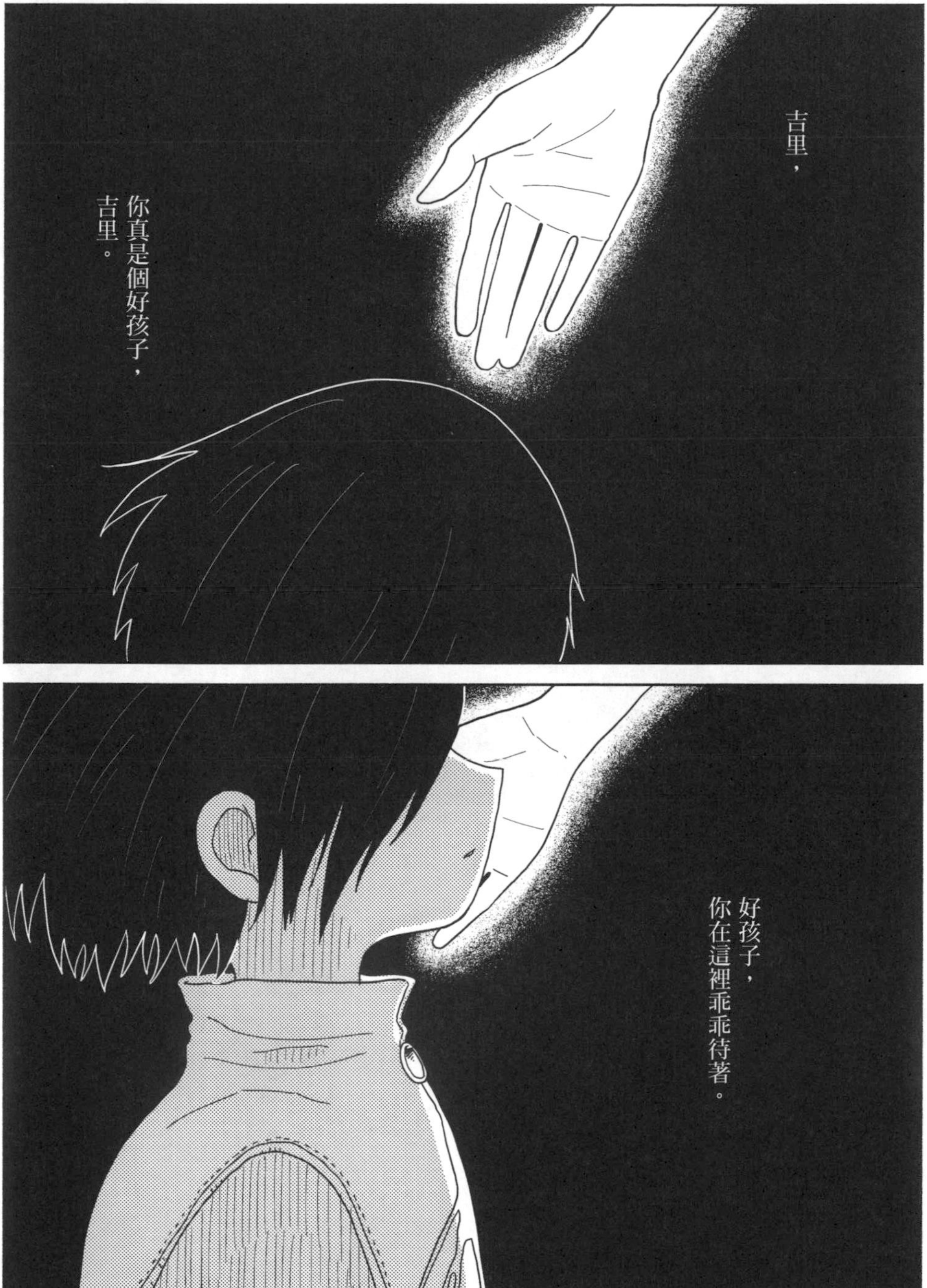
吉里，
你真是個好孩子，
吉里。
好孩子，
你在這裡乖乖待著。

天使會來接你的，
不用害怕。
向天使許願，
希望星球上的每個人
都能夠醒來吧……

天使大人，
我願獻上自己的性命，
請您救救陷入睡眠之毒的，
這顆星球吧。

……
天使什麼的，怎麼可能會來呢。
……我很清楚，
那些人為什麼，要把我丟在這裡。
我也很清楚，
不會有任何人來接我……
咚咚咚咚
咚咚咚咚咚

咚
咚
咚
咚
咚

哎呀。
你好。

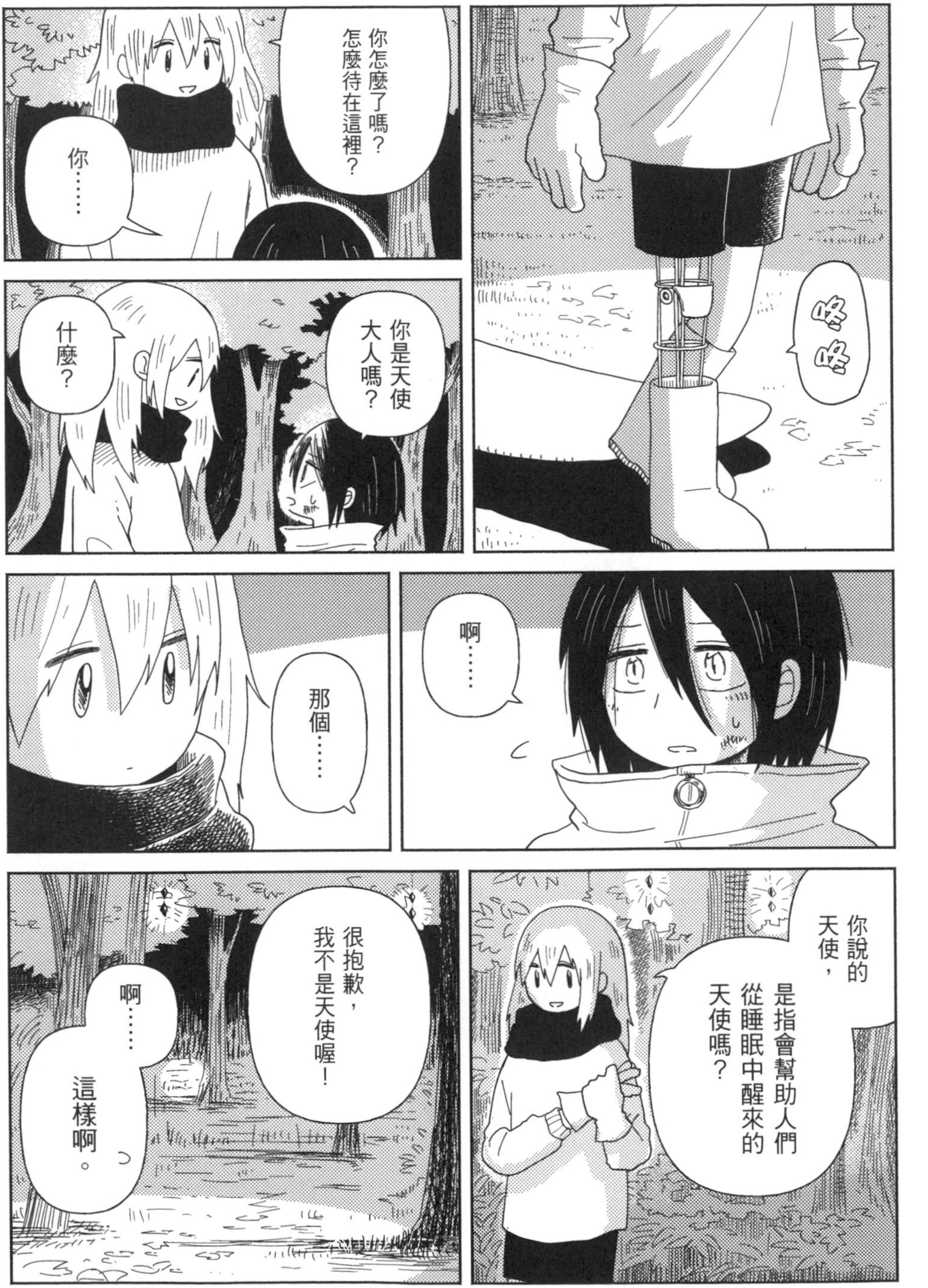
咚咚
你怎麼了嗎？怎麼待在這裡？
你……
你是天使大人嗎？
什麼？
啊……
那個……
你說的天使，是指會幫助人們從睡眠中醒來的天使嗎？
很抱歉，我不是天使喔！
啊……這樣啊。

……什麼嘛。
長得這麼好看，我還以為一定是天使……
你知道，
這片森林有毒嗎？
要是在這裡待太久，就會陷入無法醒來的睡眠喔。
這件事你知道嗎？

我知道。
我在這裡等待天使。
只要把我自己獻出去，
這顆星球的所有人應該就都能得救。
這樣的話，
我也會比較輕鬆。

那麼……
在天使降臨之前，你應該有空吧？
哦。
……什麼!?

我是星旅人303，
我正在調查「假寐星球」的文化。
要是你現在有空，
可以幫我一點忙嗎？

……這裡是？
這是我的帳篷。
你說你叫吉里，對吧！
你有吃過烤餅這種食物嗎？
烤餅是這一帶的地方料理。
感覺很難做，
我想找幫手一起做。
四處張望
啊……
我們明天再去買食材，
今天就先住在這裡吧？
咦!?
明天……嗎？
住在這裡，是這個帳篷嗎？
嗯。
如果你不嫌棄的話。
……不是幫一點點忙而已嗎……？
對呀，幫我一點點忙而已呀！
……

還是說，你得待在森林裡才行？
要是你不在，有人會生氣嗎？
……
……是沒關係啦。
那邊設施裡的人，沒有閒到會來確認我到底睡著了沒。
光是把我丟在那座森林裡，他們就心滿意足了。
……那個，要是你不嫌棄的話，
我可以幫你的忙。
……可是，

結束後，請送我回去托比亞斯森林。

除了那座森林，我沒有別的地方可以待了。

你喜歡托比亞斯森林嗎？
啊!?
紅色光芒很美對吧！
我超喜歡那座森林的。
……
沒問題。
做完烤餅後，我會送你回去。
……
……好。
……
原來有人喜歡那座森林呀……
真想不到……
請進來帳篷。

今天已經很晚了，就先休息吧。
我這裡沒有棉被，你就睡這個床墊可以嗎？
咦！
303先生床墊你自己用，
我睡地上就可以了。
咦～
你是喜歡睡地上派的嗎？
呃!?
啊……也不是。
常會有人叫我睡地上……
自己已經習慣了。
哦。
原來是這樣。
那你是不是沒有睡過床墊？
這個床墊還不錯，你要不要躺躺看？
試試就好。

這是什麼……
怎麼樣？
咦……什、什麼怎麼樣……
什麼什麼怎麼樣？

啊，你是要問我的感覺嗎？
不好意思，我從來沒表達過自己的感覺……該怎麼說呢……
想說什麼都可以。
軟綿綿、暖呼呼、輕飄飄，
覺得是哪一種？
咦。
軟？
輕……
……我不知道。
正確答案是什麼呢？
沒有正確答案啦!!
哈哈哈

這個人到底是怎樣。
那我人就在外面，
你想現在睡也可以、要晚點睡也沒問題喔。
你想幹嘛就幹嘛喔。
……好。

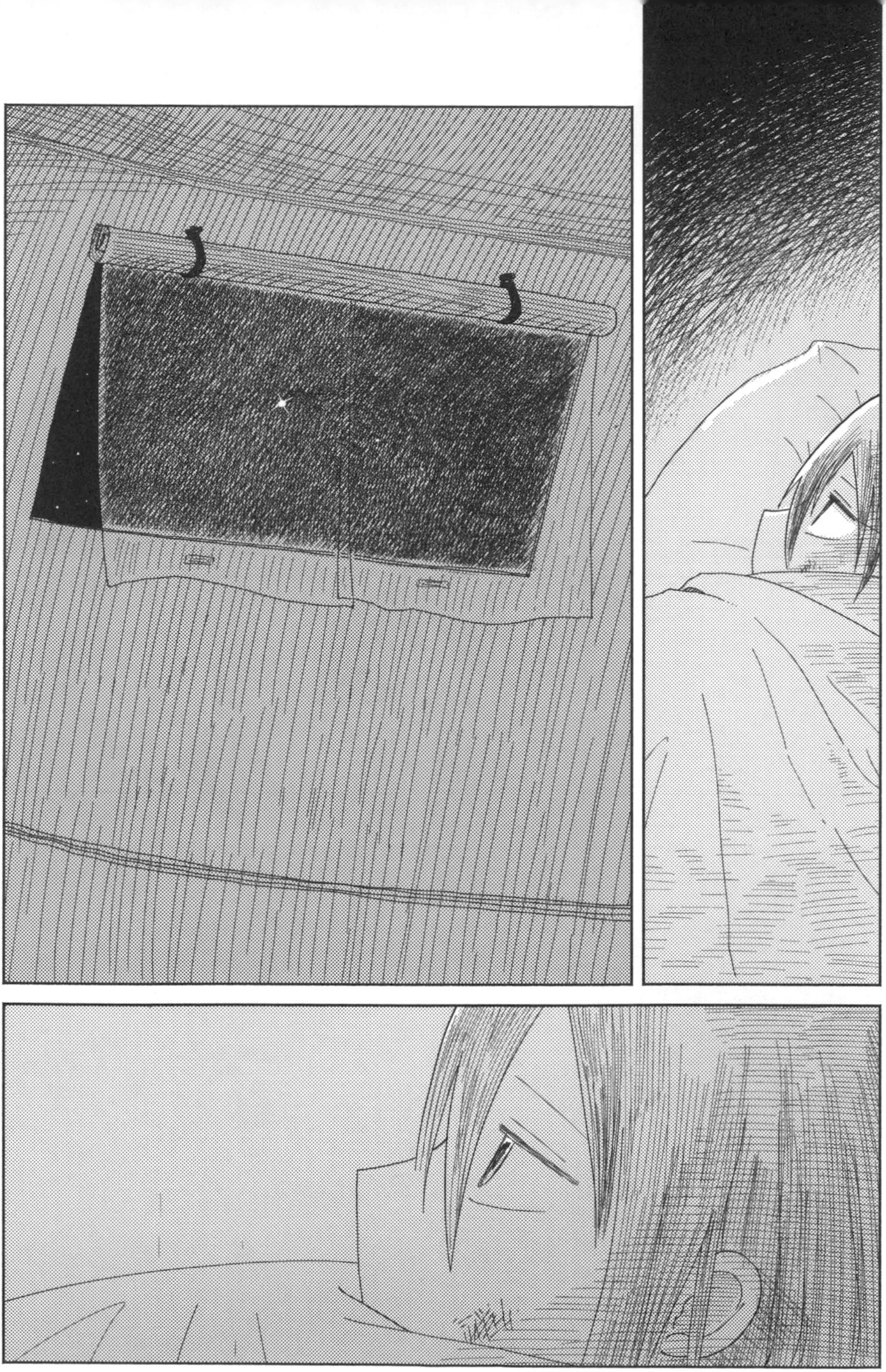

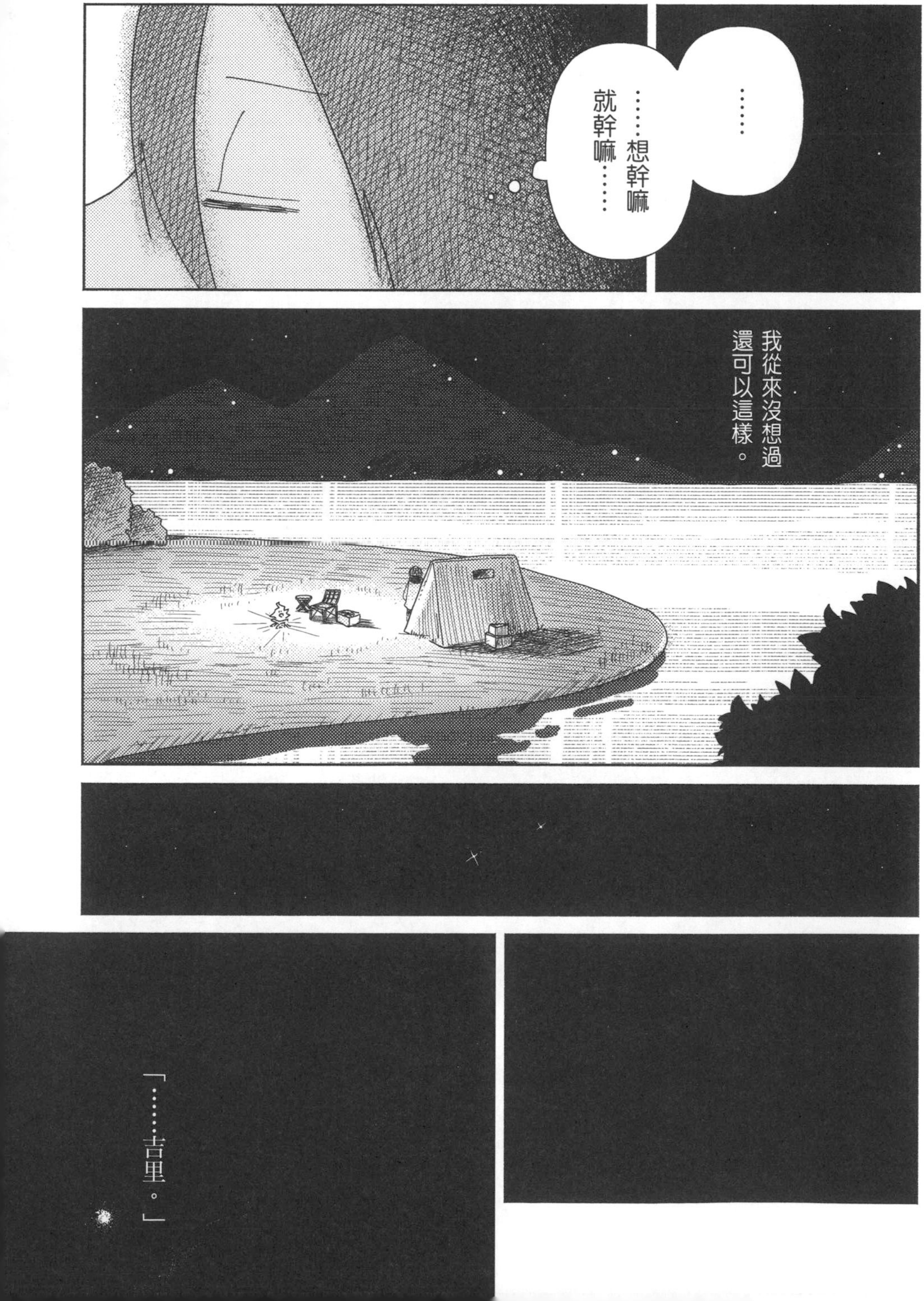
……
……想幹嘛
就幹嘛……
我從來沒想過
還可以這樣。
「……吉里。」

你在做什麼？
那個，我睡不著，起來喝水……
快回去被窩裡！
什麼事情，你都不用去想。
把眼睛跟嘴巴都閉上。
然後，聽我們的話就好。
你只要，
照著我們說的做就好。

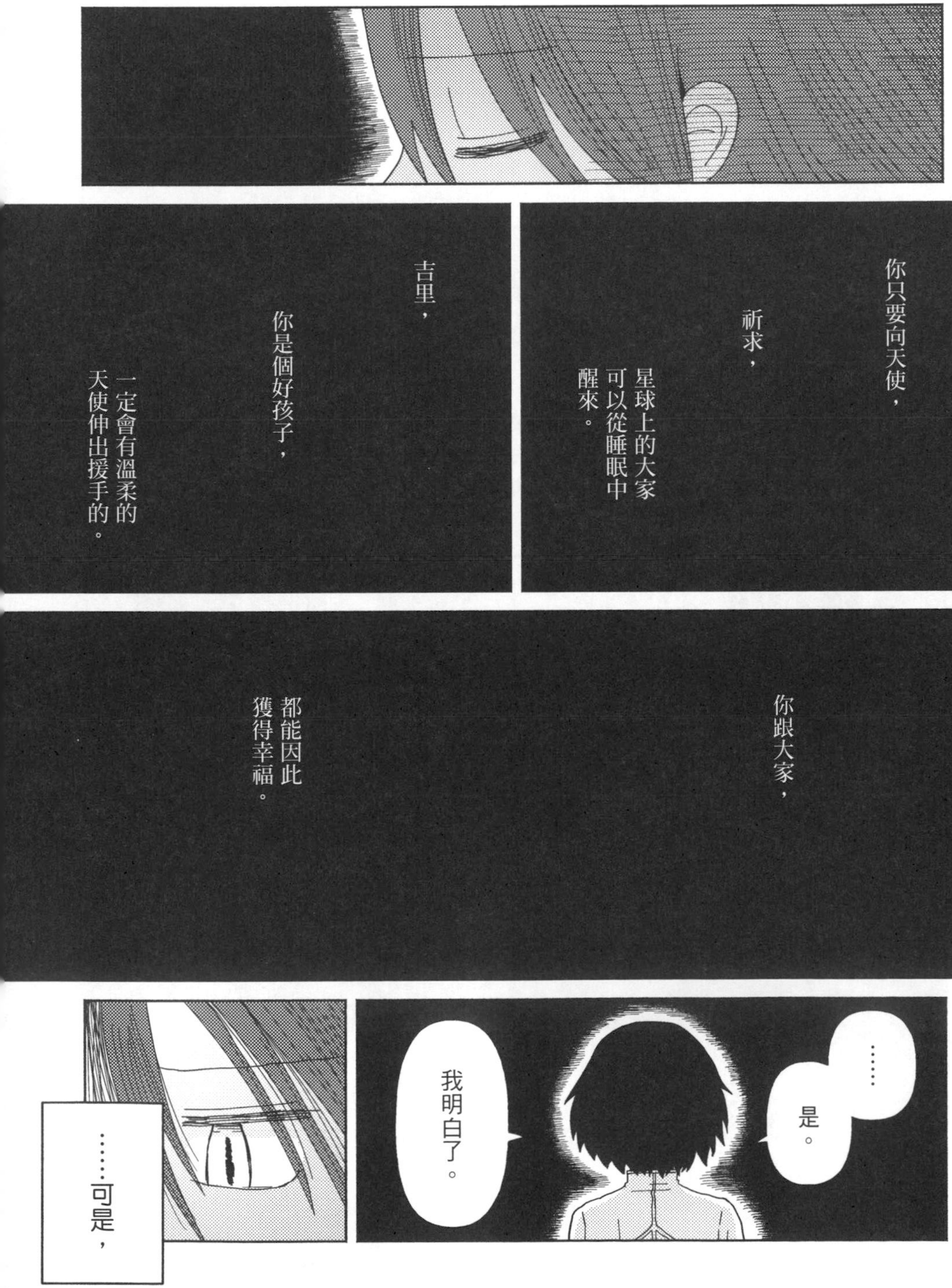
你只要向天使，
祈求，
星球上的大家可以從睡眠中醒來。
吉里，
你是個好孩子，
一定會有溫柔的天使伸出援手的。
你跟大家，
都能因此獲得幸福。
……
是。
我明白了。
……可是，

我真正，
在等待的是——

……是作夢嗎？
……不對。
還是現在才是在作夢呢……
……咦？
這是……

啊！你醒啦。
啊！
對……
對不起，我馬上回到被窩裡，非常抱……
咦……沒關係啊——很高興你醒了。
你過來這裡看看吧。

這顆星球的夜空，很美呢。
嗯？
啊!?
呃～～沒有啦。
那個，非常感謝你幫我貼這個。
很可愛對吧！
上面的星星在晚上還會發光喔～
還有很多種圖案，你就每天選個喜歡的圖案替換吧！
咦？
……每天嗎？

嗯。
這些是製作烤餅需要的食材，
……「麵粉」、「蔬菜」、「鮮乳」、「堅果」……？
是的。
得先用鮮乳熬煮蔬菜與堅果，
包進麵糰後再拿去烤，就像是派一樣。
上面說可以自由選擇自己喜歡的食材。
因為需要花好幾天試做，
希望你可以幫幫忙。
……說是幫忙……
到底要花幾天的時間呢？
呵呵呵。
還不確定喔。
我們一起決定吧！

那個，303先生。你該不會真的是天使吧？
嗯？
你還沒睡醒嗎？
不，我已經醒了。
……因為，
之前待的設施裡，
根本沒有像303先生這麼好的人，
我從沒聽說過還可以讓我挑選、還可以一起決定的這種話。
……所以，我覺得……
我應該是在那邊的森林裡睡著了，
夢到自己身處在一個美好的夢境裡罷了。

……所以……
咕嚕——
不好意思！
很棒的聲音喔！
……聽說天使會來到好孩子的身邊，對吧！
……是啊。
那你可以先把眼睛閉起來、嘴巴張開嗎？
……咦？

啊ー
請用。
咕嚕
！
這是……
棒棒糖喔。

好孩子會在半夜吃棒棒糖嗎？
啊……
這不是303先生硬塞給我的嗎……
那你不要嗎？
……我要。
我到底在幹嘛啊？
這裡還有甜甜圈喔～
明明到剛才都還一直待在森林裡。
……好甜。

紅色光芒
感覺變得
很遙遠。
吉里。
是！
有件事我要先跟
你說清楚喔。

烤餅是我們一人一個，
總共要做兩種喔！
明天我們一起去市場，
買一堆你跟我喜歡的食材吧！
你選的食材，一定會跟我選的不一樣。
說不定你會因此覺得不安，
但是，
完全沒關係。

無論什麼時候，
希望你都能夠找到各式各樣喜歡的事物。

……好的，303先生。

明天的天氣
應該會
很好吧！
……是啊。
甜甜圈
怎麼樣呢？

episode.06 終

episode.07 閃光信號專用碼

MOON LIGHT CANDY

天文曆2039年，
天氣寒冷，
傍晚轉晴。
與303先生一起生活到現在，
已經有一段日子了。

遇見他的隔天，
303先生就去買了風間核桃樹的幼苗。
他說要在烤餅裡面，
放入自己種的核桃。

於是，直到核桃結出果實前，我們都得住一起。
我們就改裝了廢棄小屋，開始住在這裡。
……
啪啦
小屋都還沒改裝完成，
303先生現在又開始整理廚房。
吵死人了……
唰
喂，303先生，現在都快要晚上了……

哇……
哦！吉里。
你可以幫我個忙嗎？
才不要。你在幹嘛啊？你剛剛不是說要整理廚房嗎？

嗯，我整理到有點累了，
所以換改造廚房想說轉換心情。
神采
奕奕
你真的累了嗎？
剛才那個爆炸聲是什麼聲音？
咦？沒有啊。
說實話！
抱歉，好像有碗爆炸了。
碗!?
為什麼會爆炸!!
不過，廚房應該有變得更好用喔！
這個爐子是由菲爾星球上的火影石製成，
水燒開的時間可以比現在的要再快上2秒鐘！
我還改造了那邊的烤箱，
東西烤好時，會有忽爾多星球多奇村村長吹的口哨聲提醒喔！
……
那是個口哨文化盛行的村子……
然後，我最推薦的就是這款之前收到的燈，
只要用彈指發出聲響，就能開關喔！
吉里也試試看吧！
啪噠
啪噠
……
……
唰
唰
還有啊，這個是……
吼—真是的!!

沒用的東西也太多了吧!!
你為什麼老是買一些奇怪的東西!!
哎唷，也順便保存文化呀。
大言不慚
要保存就放在倉庫裡收好。
為什麼要拿出來用！
也不想想這間小屋都已經夠小了!!
你發脾氣的本領越來越厲害了耶。
發脾氣還有分成厲不厲害的嗎!?
有啊，以前你發脾氣時聲音很小。
吵死了！
啊！
吉里，你看天空。
啊？

是飛行船。
吉里，你要不要用剛剛那盞燈來跟飛行船打聲招呼？
打招呼？
這一帶的飛行船，過去都是使用「閃光信號專用碼」跟地面通訊的喔！
現在應該也還能用。
「夕陽真美呢！」
啪嚓
啪嚓

明滅
明滅
明滅
！
有回應了嗎？
對方說什麼？
他說：「風很涼爽呢！」
哇－
看吧。
這盞燈很不錯吧。

……嗯？可是，燈還是手動開關式的比較方便吧!?
嗯。
什麼嘛！所以還是不需要這盞燈啊！
是不是需要，要是真的不方便，如果不想保留下來就不會留在這個世界上了。
而且我已經喜歡上這個東西了，
我想要一直留在身邊。
……嗯……
……
……那個，你說的是……
啪嚓啪嚓啪嚓
啪嚓啪嚓
嗯？
沒事。
我還待在之前的設施時，
也有從廚房看過飛行船喔。

自從我們那次認識之後，
這還是你第一次提設施的事情呢。
解開
咦？是這樣嗎……
你想說了嗎？
……嗯……
還是，你希望有人願意聽呢？
咦？
「想說出來」跟「希望有人願意聽」有什麼不一樣嗎？
不一樣喔！你仔細想想看。
嗯……
……
嗯……
我自己應該是希望有人願意聽吧……
嗯。
我會聽你說。

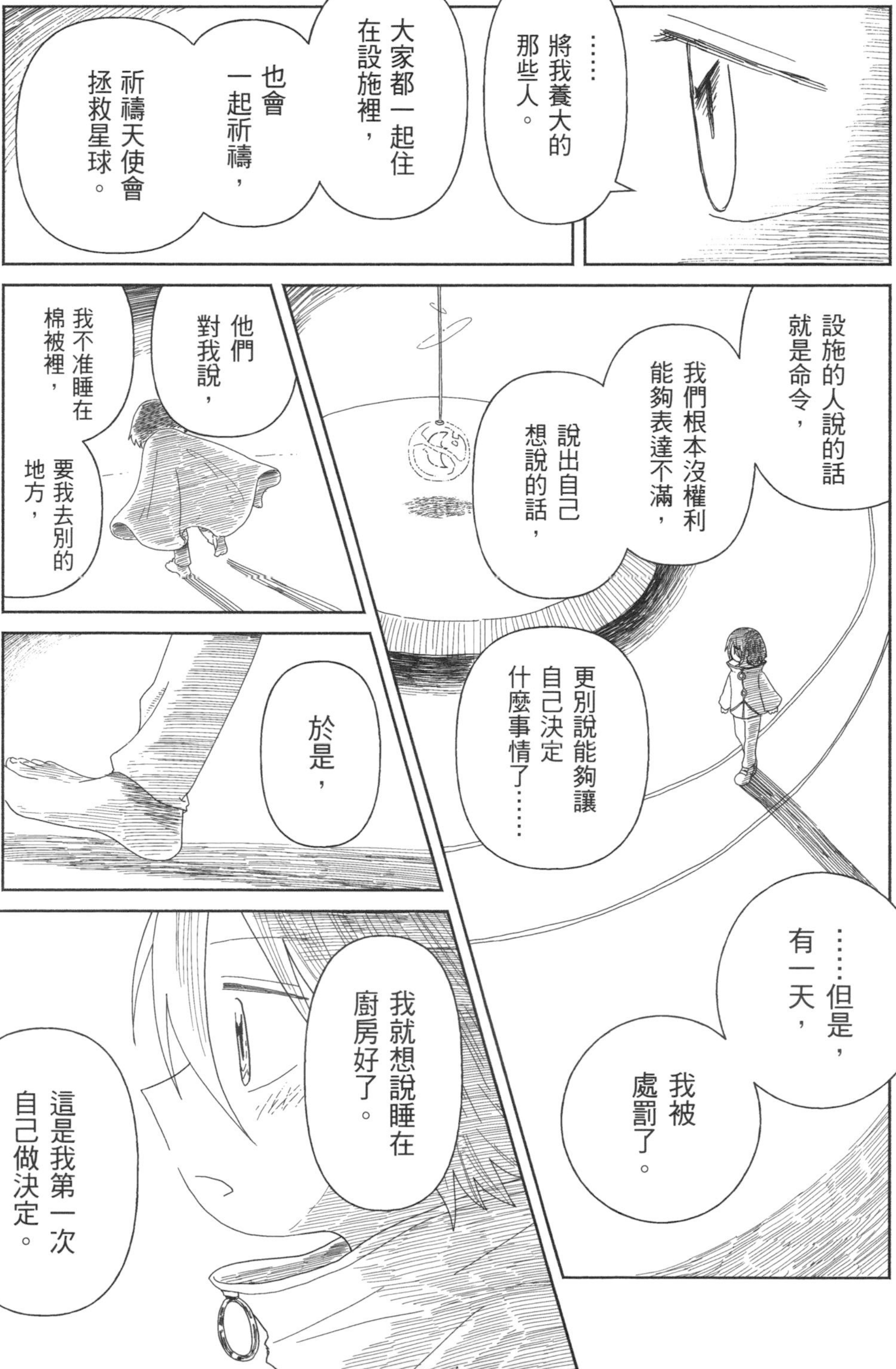
……將我養大的那些人。
大家都一起住在設施裡，
也會一起祈禱，
祈禱天使會拯救星球。
設施的人說的話就是命令，
我們根本沒權利能夠表達不滿，
說出自己想說的話，
更別說能夠讓自己決定什麼事情了……
他們對我說，
我不准睡在棉被裡，
要我去別的地方，
於是，
……但是，有一天，
我被處罰了。
我就想說睡在廚房好了。
這是我第一次自己做決定。

雖然地板很硬很冷，
不過有很多碗盤，感覺很熱鬧。
那一天的窗外，有飛行船飛過。

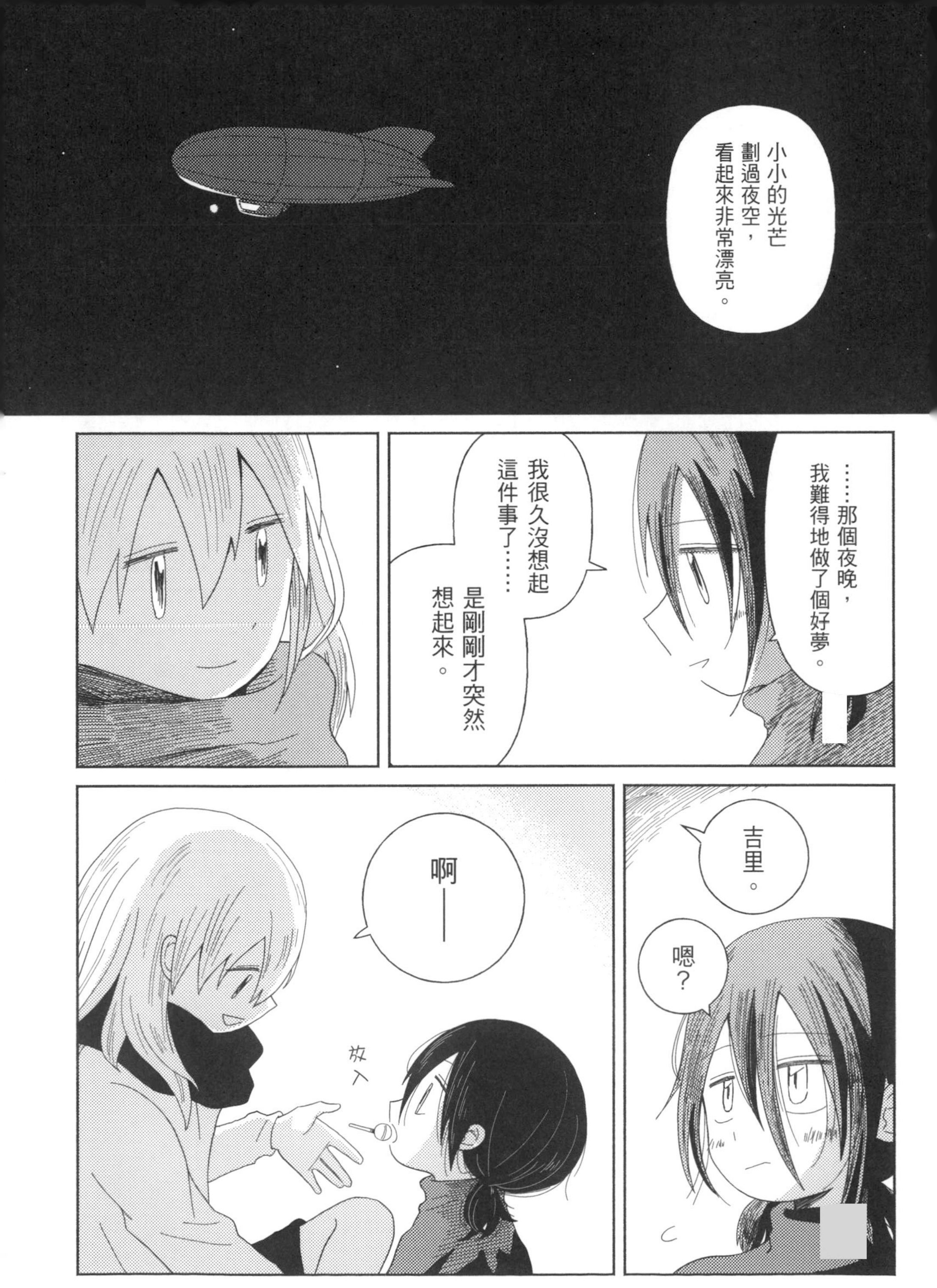
小小的光芒劃過夜空，看起來非常漂亮。
……那個夜晚，我難得地做了個好夢。
我很久沒想起這件事了……
是剛剛才突然想起來。
吉里。
嗯？
啊——
放入

嗯……這是月光糖嗎？
真是的，都已經要吃晚餐了……
你不喜歡嗎？
喜歡是喜歡啦～
……你懂得欣賞美麗的光芒呢。
……
欸，吉里，找天我們也一起睡在廚房看看吧。
咦——？
不要啦，這裡根本沒地方可睡。
呵呵呵。
那還是睡在屋頂上好了？
咦——？……可以嗎？
嗯。
現在也一樣，你想要睡在哪裡都可以唷。

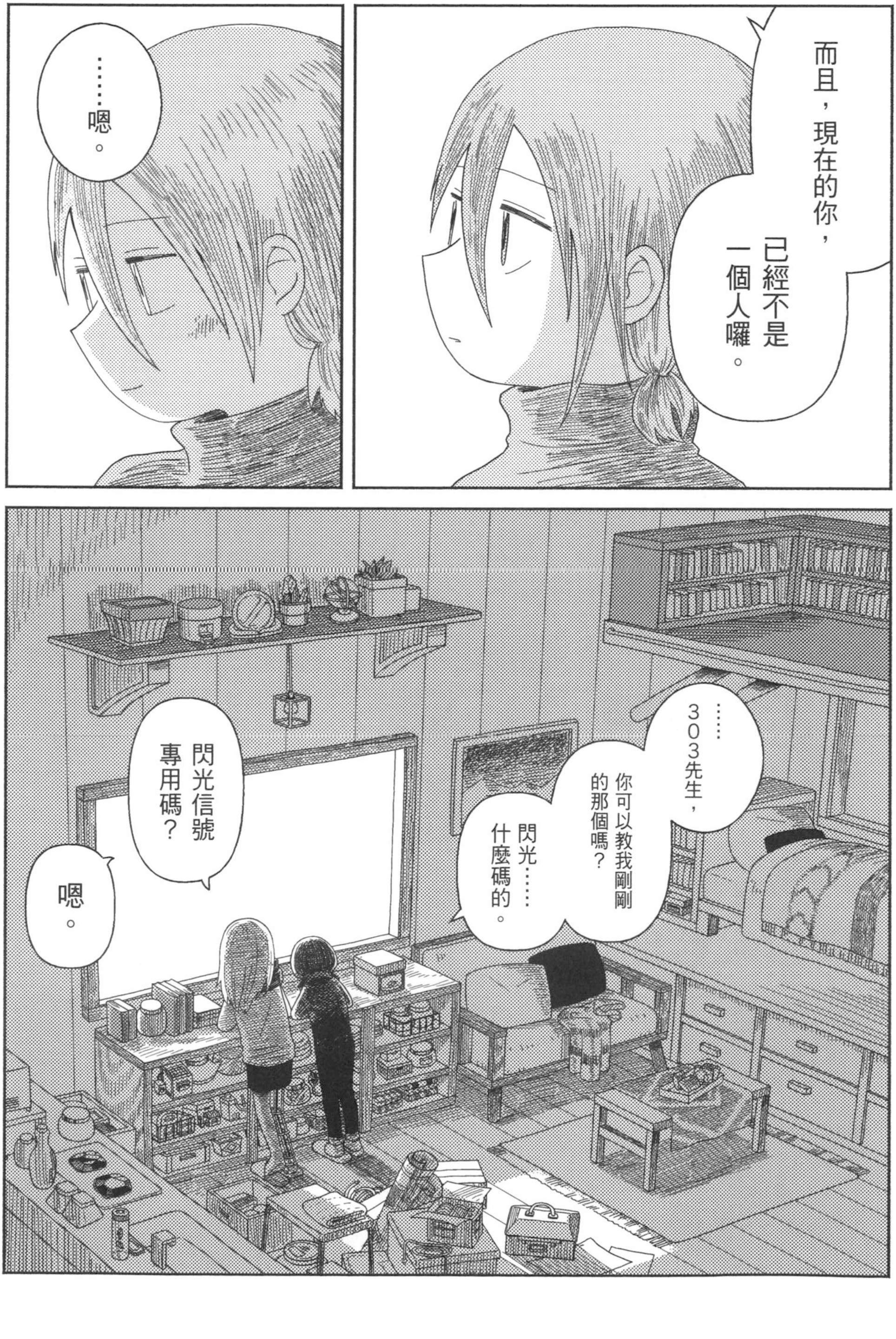
而且，現在的你，已經不是一個人囉。
……嗯。
……303先生，你可以教我剛剛的那個嗎？
閃光……什麼碼的。
閃光信號專用碼？
嗯。

只不過，
雖然他說可以一起睡……
……可是我從來都沒看過，303先生睡覺的模樣。

303先生他，
總是像這樣度過
夜晚的這段時間。
303的神奇小物
具備縮放功能
派對
眼鏡
HAPPY
喀嘰
喀嘰

喀嘰
喀嘰
那張照片
他也總是擺在身邊。
左邊，應該是303先生吧！
planetaria303
……不過
上面寫著天文曆
303年……
……

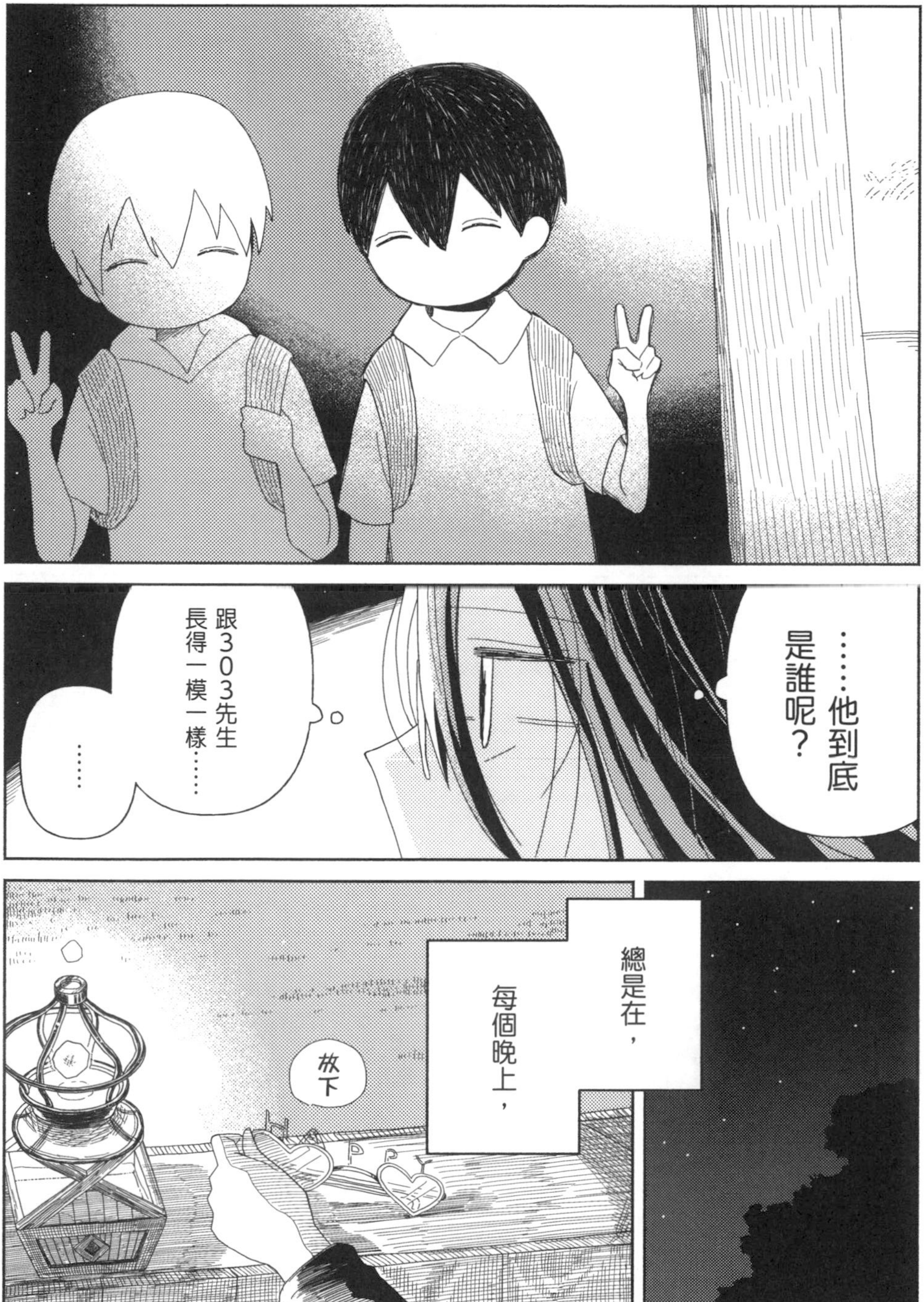
……他到底是誰呢？
跟303先生長得一模一樣……
……
總是在，每個晚上，
放下

陪伴在303先生身邊的人。
303先生，幾乎不提關於自己的事。
……
303先生的特徵
話說回來，「303先生」叫起來太繞口了吧！
振筆疾書
差不多該換別的稱呼了……例如……

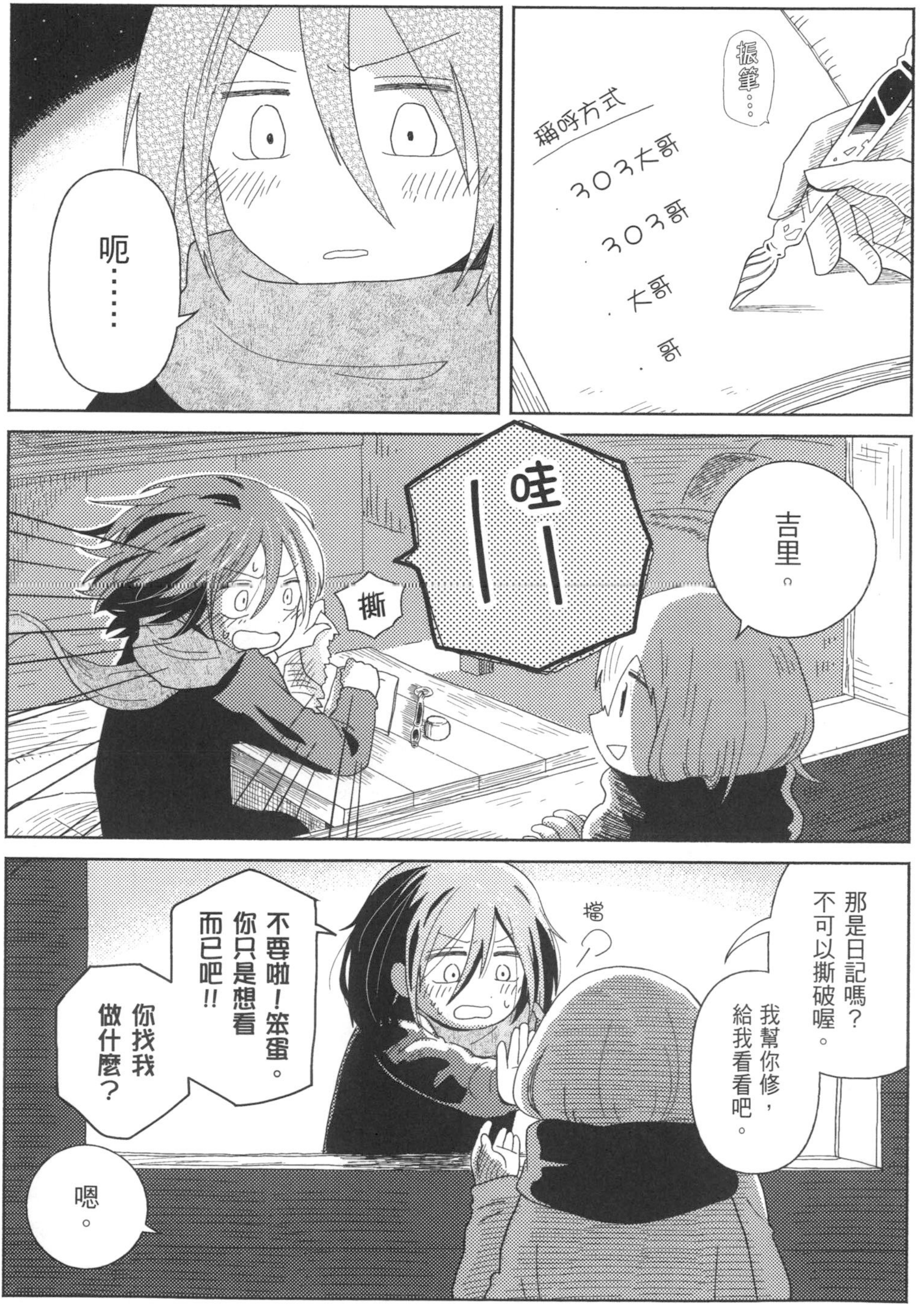
振筆…
稱呼方式
・303大哥
・303哥
・大哥
・哥
呃……
吉里。
哇──
撕
那是日記嗎？不可以撕破喔。
我幫你修，給我看看吧。
擋
不要啦！笨蛋。你只是想看而已吧!!
你找我做什麼？
嗯。

就是啊，之前有跟你提過。
嗯？
因為我接下來要出門一趟。
嗯。
我有請我的朋友來，你可以跟他一起看家嗎？
啊——嗯。我知道了。
咚咚咚
已經到了喔——
呃。
來……來了！
推開
歡、歡迎……

晚安。
你就是吉里吧。
初次見面。我叫作諾基。
我是星辰魂遊旅行社，總部管制室的副室長。

我和303從以前就是老朋友，
趁今天放假才過來這裡。
打擾了。
初……
初次見面。
這位是澄人。
他平常住在PGT的兒童宿舍裡。
算是你的前輩喔！
兒童宿舍……
咦？
難道303還沒跟你說宿舍的事嗎？
呃，那個～
啊，不是啦。
我有聽說。

那是我……之後要搬去的地方，對嗎？
嗯。
因為一般人很難長時間生活在假寐星球上。
PGT兒童宿舍，就是一個專門讓離開假寐星球的孩子們一起生活的地方。
想說或許你會想聽聽宿舍的事情，所以帶他一起來了。
澄人，打聲招呼吧！
靜默

靜默
……？
啊
……初次見面。我叫澄人。
請多指教啊！吉里。
呃──啊…好。
請多指教……

甩
カカカカカ
好痛痛痛痛！
你在做……
咦？抱歉。
很痛嗎？
在我的故鄉，手握得越大力，就是友好的象徵喔！
……是喔……
吉里，抱歉啊！澄人，這種事應該要先說才對呀！
啊，是這樣嗎？不好意思啊。吉里，要再握一次嗎？
呃……
……不用了。

力氣好小喔！
呵
……呃。
盯
喂～我可以參觀你們的房間嗎？
哈哈有夠手作風的耶！
澄人，別亂講話！
……
先走囉，諾基！
之後就拜託你了！
好～
吉里，我出門囉！
……

怎麼了嗎？
……
啊，你該不會要我帶伴手禮回來吧！
要買什麼好呢？
才不是呢……
……沒事啦，路上小心。
唉——
嗯。我在睡覺之前就會回來了。
嗯……
啊！
等一下。
我忘記問你了，303先生是要去哪……
吉里，
不好意思，
可以先讓我說嗎？我怕我會忘記。
拉
咦？

3哥。
澄人，你也想要什麼東西嗎？
嗯。我肚子餓了，要買點心回來唷！
呵呵呵。
好呀，我記得你喜歡吃鹹的，對吧！
嗯。甜的也別忘了買喔。
好啊，那辣的也買一點吧。
呵呵，太好了！
還有，要借我玩遊戲喔。
在等你回來的時候要玩。
我就知道你會這麼說，我已經放在那邊了喔。
3哥待會也一起玩吧。
嗯。

我也會買點東西
帶回來給吉里的。
路上小心——
啪噠
咦？
你剛剛是不是
有想跟3哥
說些什麼？

……3哥是什麼稱呼啦。
你們兩人是兄弟嗎？
不是啊？我們才不是兄弟呢！
3哥只有一位哥哥而已。

你知道3哥每天晚上都會看一張照片嗎？
照片上那位黑髮的人就是3哥的哥哥。
……這種事……
我當然……知道啊……
？什麼嘛，吉里從剛剛開始就板著臉。
澄人，你差不多該……
啊，對了！
我知道了！

你是在吃醋吧！
303……哥。
你該不會是覺得這個稱呼被我搶走了，對吧？
這張就放桌上喔。
303先生
稱呼方式
・303大哥
・303哥
・大哥

你冷靜一點，澄人。
咦？
啊！吉里。
啪
吉里。
你想去找3哥嗎？
不可以唷！

3哥是要去
托比亞斯森林喔。
他要去吃
[紅果實]。
你不能
跟著他。
……咦……
要去吃……？
什麼嘛。
你連這
都不知道嗎？

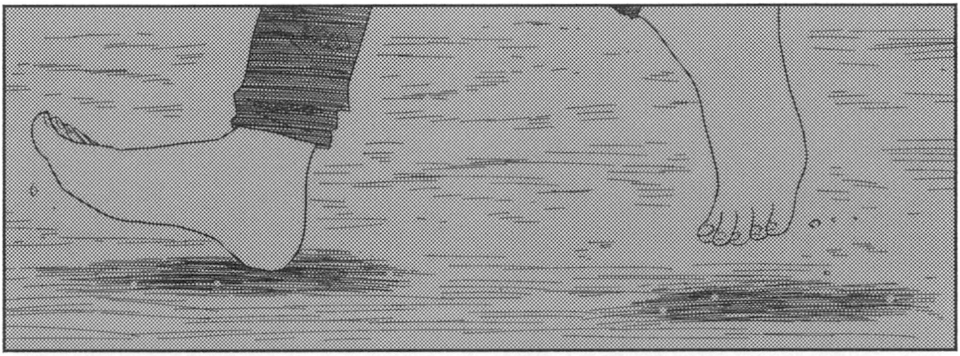

閃爍
閃爍
閃爍

為什麼在哭呢？
我還沒買伴手禮回來耶。
……你為什麼降落了？事情已經辦完了嗎？
沒有啊，因為我看到你追上來。
你怎麼啦？跟澄人吵架了嗎？
就用這副裝載夜視功能的派對眼鏡！
LUCKY
……

我才沒有跟他吵架!!
那傢伙只顧著自己，都沒有想到別人，真的超討人厭的!!
哎呀~
你為什麼要讓那種人過來！
小澄是很好的孩子喔！他跟你應該會很合得來才對。
你要不要再跟他稍微聊聊看？
……為什麼303……
為什麼重要的事情你從來都不跟我說呢？
？什麼重要的事情？
就是……
[紅果實]的事、
……你哥哥的事之類的……

嗯——
因為你沒有問我啊。
……是我沒有讓你感受到，「我願意聽你說」嗎？
……你知道，剛剛我發出的閃光信號，
是在說些什麼嗎？
咦？

……你是說剛剛用浮游機車的燈發出的光芒嗎？
閃爍
閃爍
閃爍
嗯。
…嗯，我知道喔！
……
「我就在這裡喔！」對吧……
……對我來說，這句話比起什麼都要來得重要呢！
唰沙
……？
這是什麼意……
吉里——

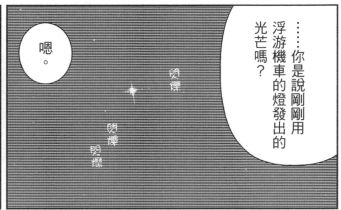

呼—
呼—
澄人……
呼呼
吉里……
超快……你跑得超快的耶。
不過，晚上光著腳跑步很危險喔！
呼
呼
會跌倒的……
…
呼呼
你還好嗎？

吉里。
掏
這個送給你。
伴手禮。
這是宿舍的商店賣的。
是限量的月光糖喔！
聽3哥說你喜歡吃這個，
我本來很期待今晚要送給你的……
……對不起，吉里……
對不起。

一起回去吧。我願意聽你說。
我想跟你和好……
……嗯。

能找到吉里
真是太好了，
諾基還在另一頭
找你呢！
呼—呼—
嗯……
你喘得
過來嗎？
嗯。
我啊……
從以前就不懂得
察言觀色。
明明想稱讚別人，
但說出口的，
卻是傷人的話，
一緊張反而
就會失控。
諾基
很著急呢。
……咦，
你今天
很緊張嗎？
嗯。
……
我很想改掉這個
壞毛病……
可是不知道為什麼
完全改不過來。
在我故鄉的
星球上，
很多人都很
討厭我。
發生了種種
事情後，
我就一個人住在
托比亞斯森林了。
咦……

那時候，對我伸出援手的人就是3哥。
我們在森林裡巧遇。
握了手之後，我說他手的力氣很小。
結果隔天、再隔天，
他都來找我玩握手對決。
後來我們開始一起生活後。
每天早上也都很用力地一起握手。
那時候真的很開心。

可是3哥他啊，
很快就放開他的手了。
畢竟3哥是一位旅人，
像我們這樣的孩子還有很多，
沒辦法一直待在我們身邊，
……大家是一樣的。
唯一例外的應該就是，
他的那位哥哥吧！

所以啊，吉里，你就把我當成哥哥吧！
啥!?為什麼啦!?
因為你不是很想要哥哥嗎？
而且3哥這個人冒冒失失的、太不牢靠了，我應該比較適合當哥哥吧？
……不，這也太……
……至少，我覺得有些事情我應該可以代替3哥完成。
怎樣？不管是哥哥、還是什麼都好，你想怎麼叫都可以，就像這上面寫的一樣。
亮出
快給我丟掉！

直到搬家之前，
都歡迎常來找我玩喔！

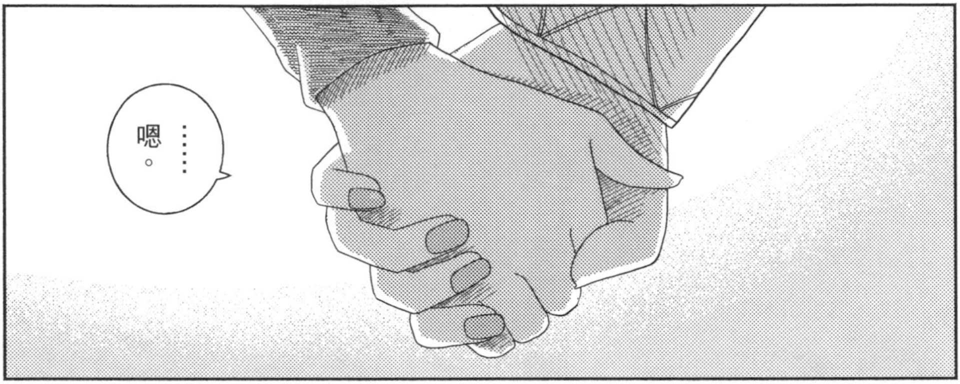

episode.07 終

星辰魂遊旅行社

extra episode　拜訪前

澄人，表情太僵硬囉～
沒事的，不用緊張。
微笑、微笑♡
啊，對喔，抱歉。
哎呀，不用說抱歉啦！
……那個，諾基先生，
我真的可以跟吉里成為好朋友嗎？
該怎麼做才能成為好朋友呢？
這麼嘛～
第一步就是要用心打招呼吧！
打招呼啊！
然後，再找出吉里覺得很重要的事物……
之類的。
找出吉里覺得很重要的事物。
點頭
再來，就是要想辦法了解吉里的感受……
吧。
了解對方的感受。
點頭

不過也不需要想得太嚴肅啦。
萬一發生了什麼事，我會陪你一起道歉的。
謝謝你，諾基先生。
不過，道歉這種事我最擅長了。
因為我早就習慣了。
這樣啊！真是不得了的技能呢！
道歉是很需要勇氣的喔！
是嗎？謝謝你。諾基先生很會說話呢。
小澄，你這不是在讚美我吧。
聽起來怪怪的。
咦？是這樣嗎？
啊……諾基先生，那就是吉里住的小屋嗎？
啊！應該是喔。
好！準備好出發了嗎……
澄人！
放輕鬆、放輕鬆。

extra episode 終

吉里，要坐車就得繫安全帶唷！
嗯。
澄人，騎車小心喔。
好的。
喀嚓
咦？
小澄，安全帶好鬆欸。
哈哈——要用手壓下去啦！
吉里。
注意安全喔。
我會做好晚餐等你們回來。
你想吃什麼呢？

……嗯……
……不用了，我會跟澄人一起吃。
小澄，出發吧。

episode.08 約定

服
WEAR
08-019
唰
唰
唰
……
好可愛！
好帥！
……
……怎樣啦。
這不是你叫我穿的嗎……
嗯，抱歉，我似乎搞錯了。
話說回來，我們為什麼要來服飾店？
我又沒有想要買衣服。
你真的知道我們今天出門是做什麼的嗎？
你不是想買胡桃鉗嗎？
我當然知道啊。

不過你不是5天後就要搬家了嗎？
所以我才會想，
趁著今天，
帶你多去一些地方看看。
不覺得，這很像是現在的3哥會說的話嗎？
好了啦，不要再提303了……
吼——
所以我就問你到底在鬧什麼彆扭啦？
……我也不清楚。
你啊，從剛剛起就只會說不知道、不清楚。
明明是自己的感覺，怎麼會不知道呢？

不知道啦！我就是一直都不明白自己的感覺啊！
……不過，認識303之後，他對我說希望我可以找到自己喜歡的事物。
我就開始漸漸明白了很多事，
也總算有了自己喜歡的事物。
……可是我現在又想不通了。
哦～～～？喜歡的事物是……咦～～～～～？
什麼！
才不是呢！
不、不、不，連我都可以猜得出來喔！
哦～～～
……才不是，你搞錯了。

303有他自己的哥哥。
我在不在他身邊根本沒差。
才沒有這回事呢！
就是這麼一回事。
因為，我們就快要分開了，但他看起來卻一點也不難過啊！
哈哈哈。我那個時候也是一樣啊！
我知道了。我會跟3哥說的。
咦？

「要是你討厭吉里了，
就不要來宿舍找他。」
這確實是
難以啟齒～
這種事情就
交給哥吧……
才不要！
澄人你別多管閒事，
我又沒拜託你這麼做！
我才不要。

……
吉里……
3哥他啊……

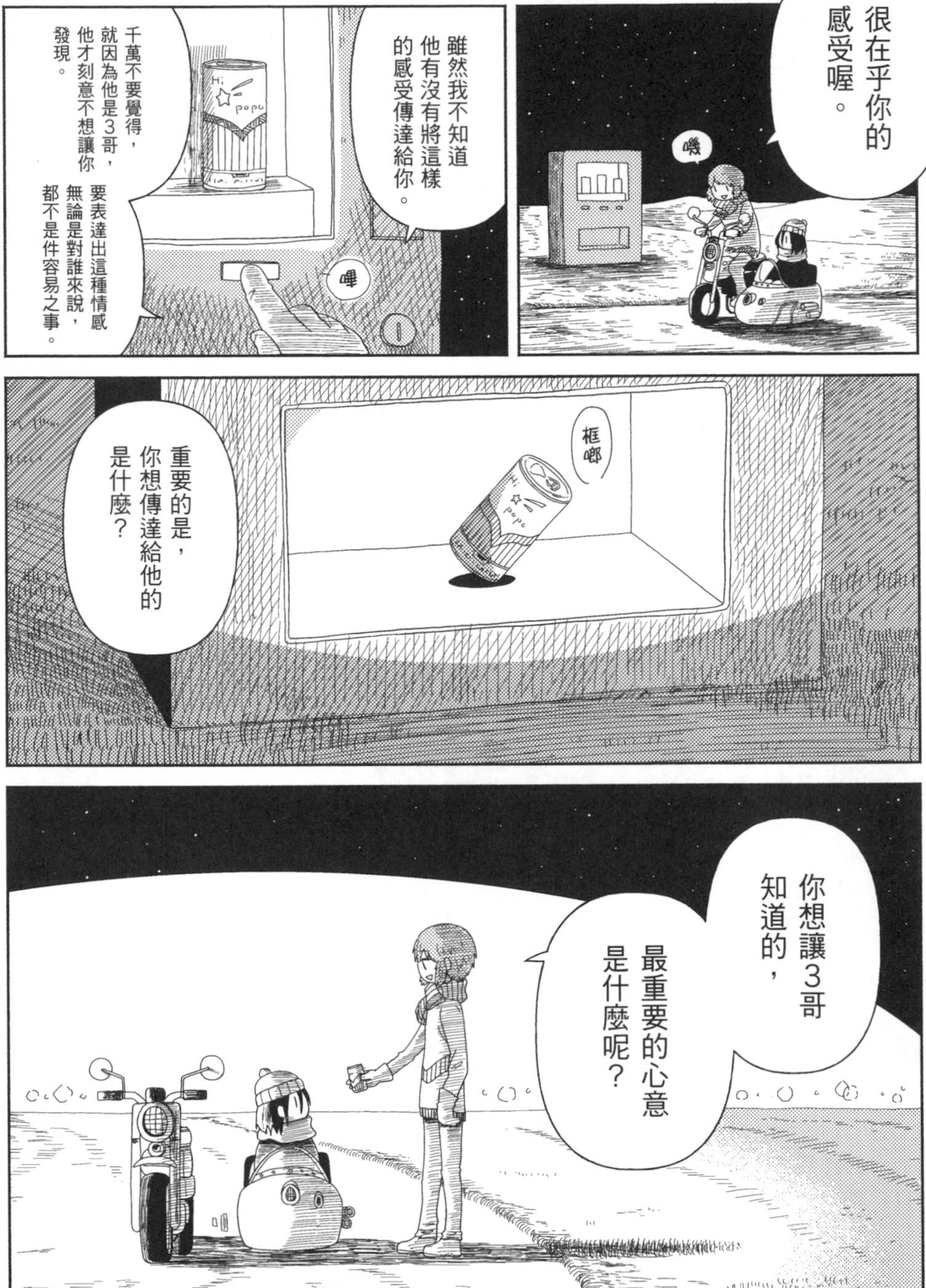
很在乎你的感受喔。
嘰
雖然我不知道他有沒有將這樣的感受傳達給你。
嗶
千萬不要覺得，就因為他是3哥，他才刻意不想讓你發現。
要表達出這種情感無論是對誰來說，都不是件容易之事。
框啷
重要的是，你想傳達給他的是什麼？
你想讓3哥知道的，最重要的心意是什麼呢？

別再什麼都不講，自顧自地鬧彆扭了。
再這樣下去，
那些快樂的回憶總有一天會讓你作繭自縛喔。
到頭來不是很悲哀嗎？
但話又說回來，像我這樣表達得太過頭也不好啦！
哈哈。
好了，前往下間店吧！
噗嚕
澄人……
嗯？

……我還有樣
想買的東西。
宿舍這邊都
準備好囉！

這樣就隨時都能迎接吉里搬來。
不用等5天後了，現在要搬也沒問題。
你動作真快呢。
謝謝。
吉里他……
很怕寂寞吧。
沒這回事吧，他對這顆星球好像不太留戀。
真是的，又在裝傻，
我說的人是你。

沒問題的啦。
比起我，他最近更黏你和澄人呢。
你不也是如此嗎？
人心的變化是很快的。

3哥你啊，還真是個冷漠的人呢。
這樣一來，吉里就等於被拋下兩次了。
一次是在托比亞斯森林，一次是在遙遠的不知名星球。
那些被拋下的人的感受嗎？
你有想過嗎？

難得會從你口中聽到這麼刺耳的話。
吉里這孩子太懂事了，所以我才會擔心。
……3哥，
比起人，你更喜歡樹吧？
既然如此，你又為什麼要將那些被遺棄在森林裡的孩子給救出來呢？
你就沒想過，
就讓他們待著，直到變成樹木不就好了嗎？
怎麼可能，我才沒這樣想過。

那麼小的孩子，就算變成了樹，
也完全結不出［紅果實］。
擁有許多快樂回憶的人，
結出來的［紅果實］才會美味。

3哥你啊，每當說著違心之論時，總會下意識地扯圍巾呢！
鬆
……咦？……才沒有。
是因為有點熱，才想拿下圍巾。
滑落 滑落
要掉了、要掉了。
……你明明都活了那麼久，
卻還是不太擅長說謊呢。

……
喂，3哥。
你到底是個什麼樣的人呢？
為什麼會突然對別人轉變成冷漠的態度，我真的不懂。
很多孩子都深信著你溫柔的那一面喔！
吉里這個孩子，你有空就過來看看他吧。

叮鈴

吉里，你回來啦。
啊……
……我回來了。
……我去買了胡桃鉗。
哦——讓我看、讓我看。

沒有太多款式可以選。
咦？你有吃飯嗎？
……
……
……我沒吃。
啊，這樣啊？
那我們，去屋頂吃點東西吧！

給你。
雖然這是我試做烤餅時剩下來的。
……謝謝。
食材是？
海岸麥、番茄、翠蔥、堅果乳、風間核桃。
好吃嗎？
嗯。
那你正式製作時也要用同樣的食材嗎？
呃，不要。
蔬菜的話還是選菠菜最好～
而且比起鮮乳跟核桃，還是加了楓糖更甜、更好吃……
那個，裡面一定得加核桃嗎？不能單純只吃烤餅就好嗎？
？
你不想加核桃嗎？
嗯，把核桃壓碎再加進烤餅裡，我實在是……
對不起，明明是為了要做烤餅才種核桃的。
啊！
把堅果壓碎加進烤餅，是最近流行的作法。
以前就只會放進一小顆的堅果而已。
這樣啊？

據說在烤餅裡
吃到堅果的人，
好運就會降臨。
算是種幸運籤餅
的概念。
可是，
比起只有一個人中獎，
讓所有人都能獲得好運
不是更好嗎？
於是才延續至今。
直接把堅果搗碎後，
加進在烤餅裡，
讓每個人都能
吃到堅果。
哦！
真有趣呢。
這樣的話還是
把核桃碎粒
加進烤餅裡吧。
303跟我
都要吃，對吧。
你啊，
已經很懂得
表達自己的
想法了呢。
嗯？
……那，
我就把剛剛
做好的東西，
交給你吧。
？
拿

這是什麼？
送你的禮物，
星盤音樂盒。
音樂盒的底座是參照從這裡觀測到的星空圖。
安置在星星方位上的感壓石英，會讓震動板產生共鳴，這樣就能演奏出音樂。
咦!? 這是303親手做的!?
嗯。
材料是買的啦，不過星空圖是我畫的。
哇～

……我可以聽聽看嗎？
嗯。
越靠近穹頂音會越高、離的越遠音就越低。
嗯。越是明亮的星星，聲音也就越大聲嗎？
嗯。你知道是哪顆星嗎？
我知道。

吉里。
雖然時間很短，還是很謝謝你的幫忙。
一起度過的時間我覺得很開心喔！
你還是很不擅長哭呢。
好了好了
哭還有分擅長和不擅長的喔!?

……對不起，沒辦法帶你一起上路。
因為我要去的地方都會有很多樹。
嗯……我知道啦。
又沒叫你要帶我一起去。
嗯。
諾基很擔心你喔。
他說吉里太懂事了。
是喔？
嗯。
你其實可以任性一點沒關係。
像303這樣嗎？
呵呵呵。對呀！
……那，有件事希望你能老實告訴我。
嗯？

303，你為什麼要去旅行呢？
……你都已經，一個人，
旅行了這麼久，對不對？

不會覺得寂寞嗎？

其實，我不是人類。
咦？
剛遇見你時，我有跟你說過吧？
才沒說過呢！
咦？這樣哦？
…
嗯。
我不是人類。
怎麼說呢，我應該算是人類的瑕疵品……
所以P-TOT才會對我起不了作用。
因為那是專門讓人類陷入睡眠的毒氣。

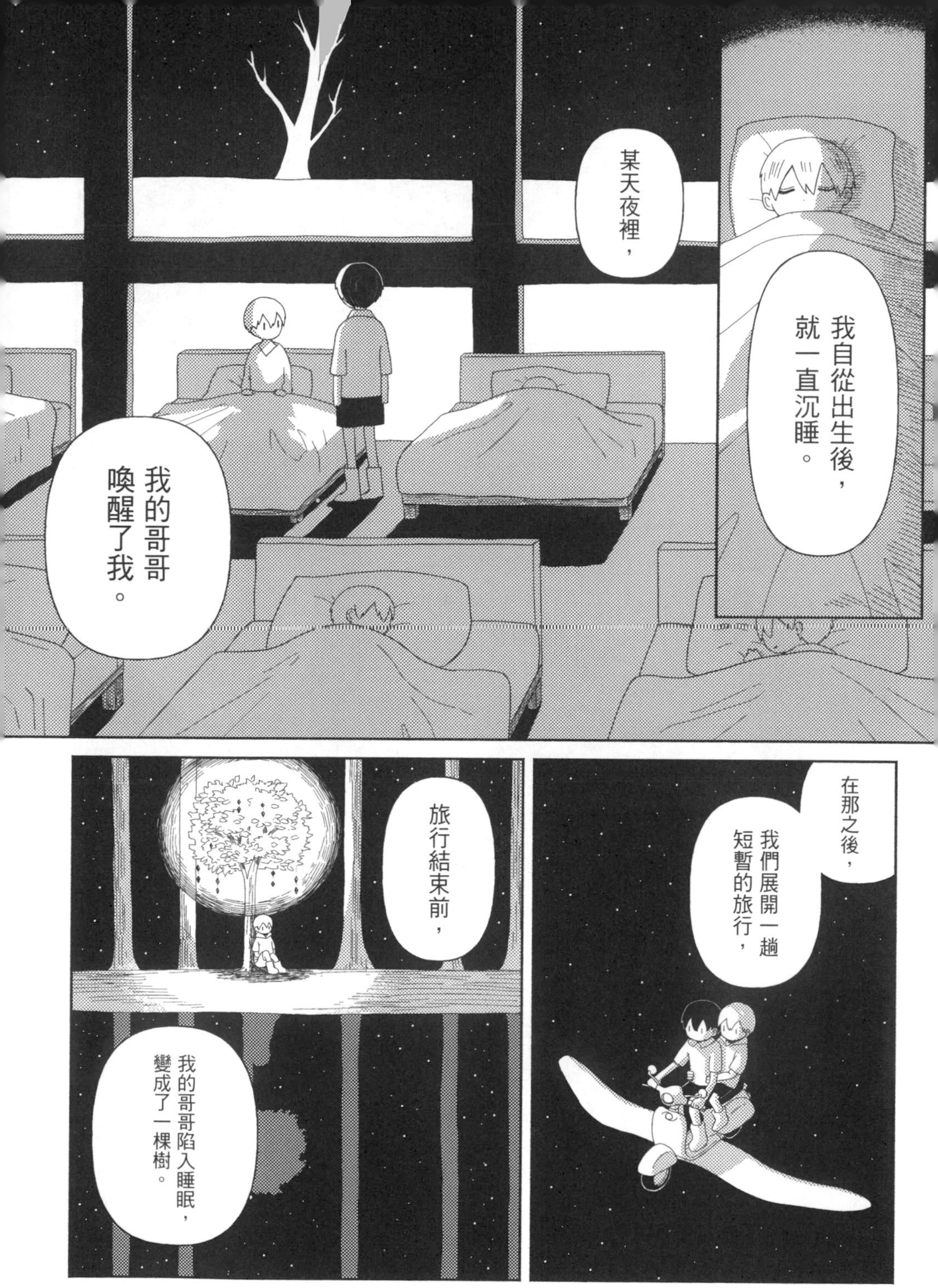
我自從出生後，就一直沉睡。
某天夜裡，
我的哥哥喚醒了我。
在那之後，我們展開一趟短暫的旅行，
旅行結束前，
我的哥哥陷入睡眠，變成了一棵樹。

……你當時很寂寞吧？
不會啊，我什麼感覺都沒有。
不知道是不是那時候因為才剛甦醒，還不是很清醒的緣故，
我的腳完全動不了，沒辦法走路。
我就一直坐在樹旁。
……睡著前，哥哥他跟我說：

「四處去旅行吧！」
……吉里，
真正感到寂寞的人，其實是我哥哥，並不是我喔！
他不僅待人溫柔、也逗得我開懷大笑，
我卻連一句謝謝、再見，
都沒能對他說。

現在的我能做到的，
就只有將那些睡著的人、還有他們留下來的事物，
都牢牢記住而已。
我想，哥哥他就是為了這樣，
才喚醒我的吧。
……雖然看不見星星的夜晚會讓人感覺非常黑暗，
但那也是哥哥留給我的事物之一。
我想要好好珍惜。

……哎呀？好像說太多了。
這樣應該能回答你的問題了……
拉
……303，這個送你。

我把想對你說的話，
都寫在，
裡面的信了。
因為我會覺得害羞，等我不在的時候再開。
哇～謝謝。這是什麼？
扯
仔細聽我說啦！
呵呵呵，我知道啦。
等你睡著後我再開。
……那，跟我打勾勾。
呵呵呵，真是大費周章。
……不是啦。

因為我在信裡頭寫了一個約定。
……一定要好好遵守喔。
什麼？這種事情要是沒有先確認過怎麼可以跟你打勾勾保證。
快住手啦～
哈哈哈

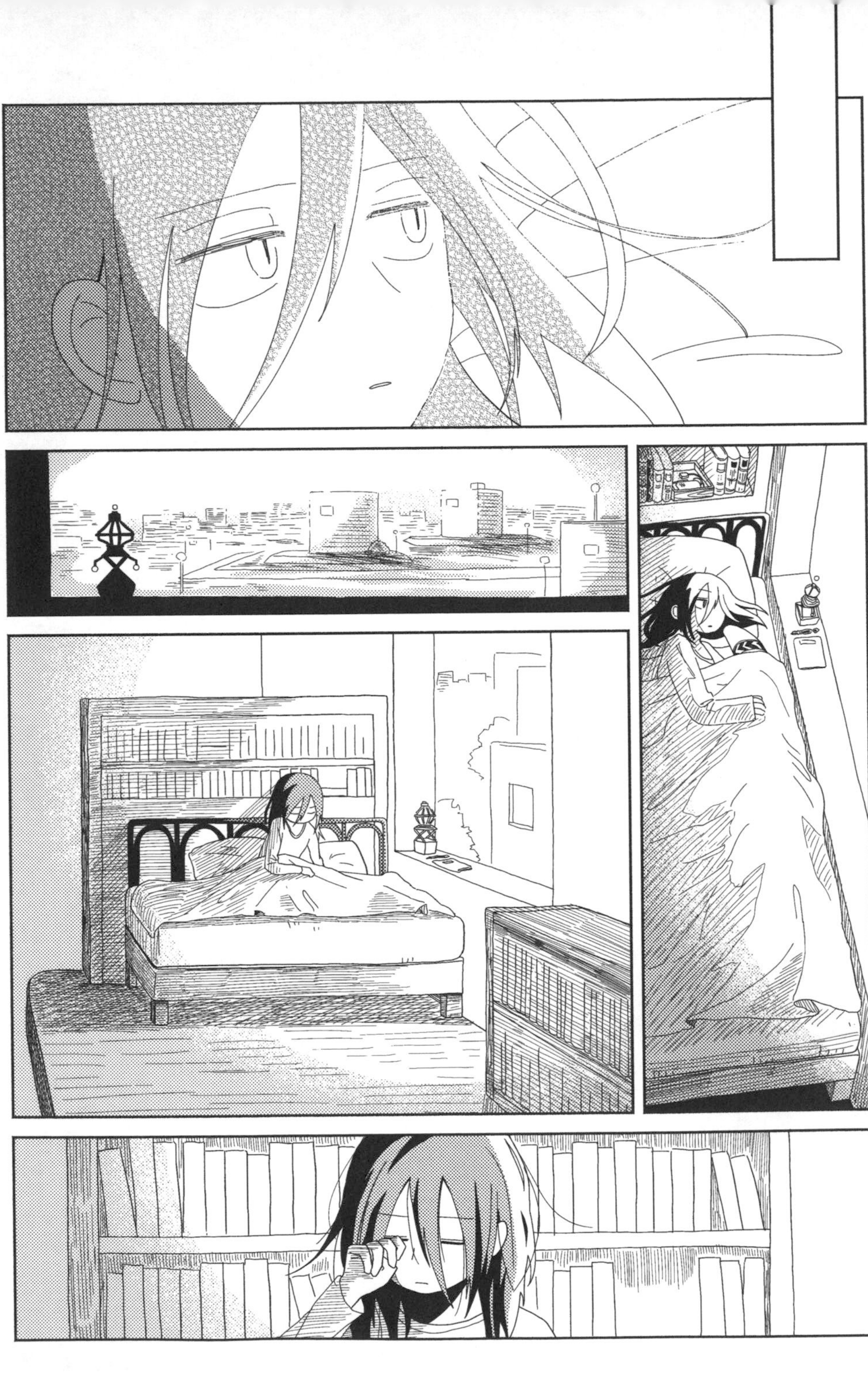

嘰嘰嘰
嘰嘰嘰
誰啦……
嗶
啊！505，早安！
早安……
你居然會打過來還真是難得……
嗯。
吃過早餐了嗎？
啪嚓
還沒……
你聲音怎麼聽起來還沒睡醒？
哦！什麼夢？
嗯——我做了好多夢……
嗯……我夢到以前……
還是愛哭鬼時的夢嗎？
我才沒有當過愛哭鬼咧！
你打來到底有什麼事啦？

就是啊，
之前旅行的照片
已經洗出來了，
我想說要拿給你。
我現在在PGT
總公司附近。
應該再10分鐘
就能到你那了。

不用了啦，沒關係。
下次我再去找你拿就好。

是嗎？

episode.08 終

episode.09　臥鋪單軌列車

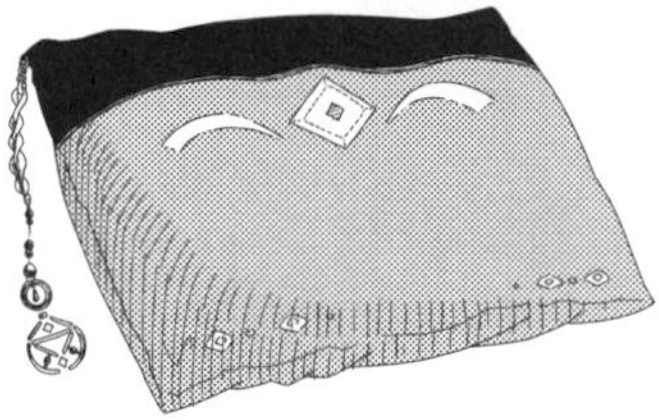

喀噠
喀噠
喀噠
餐廳

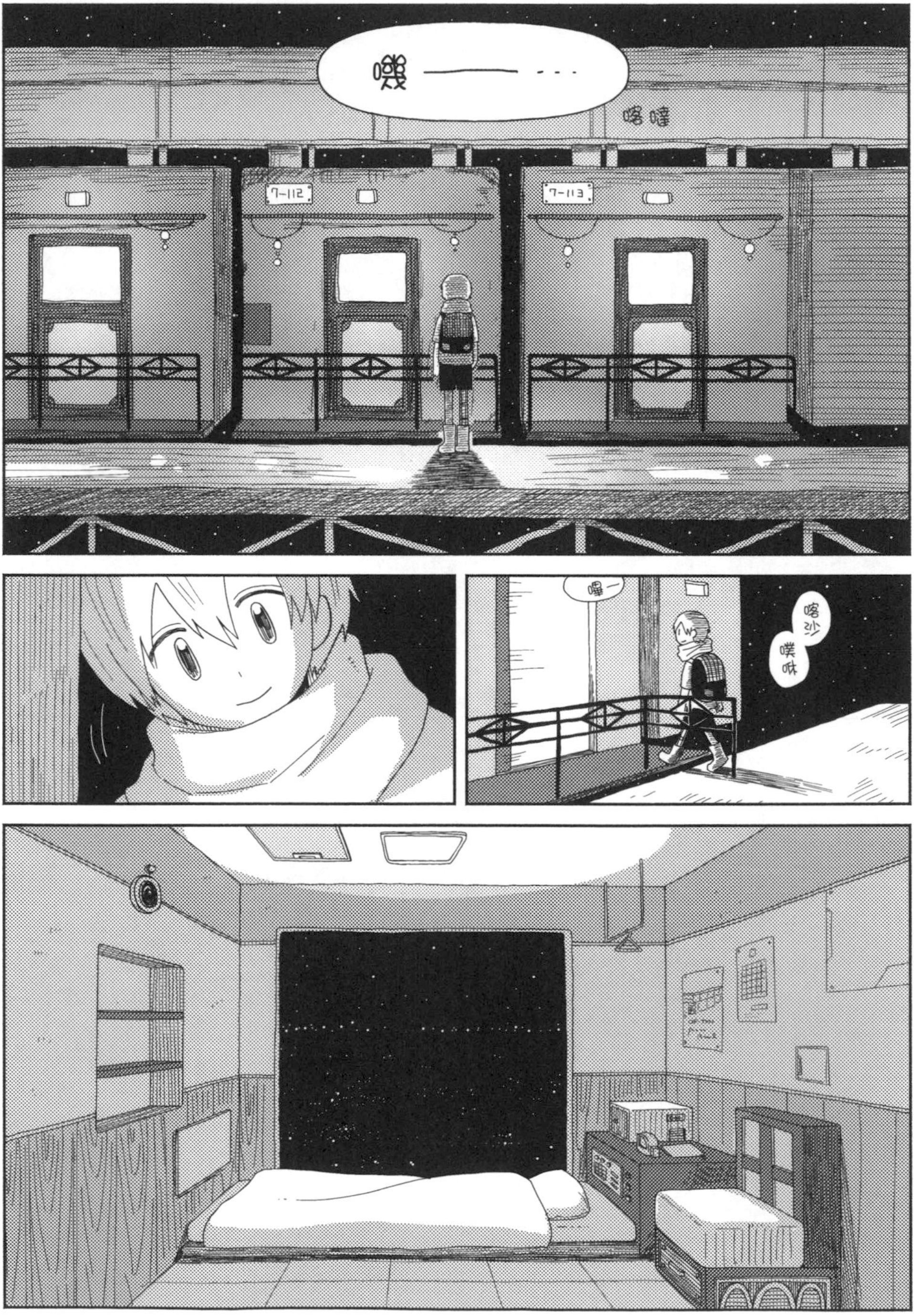
嘰——…
喀噠
7-112
7-113
嗶—
喀沙
噗咻

叮咚—

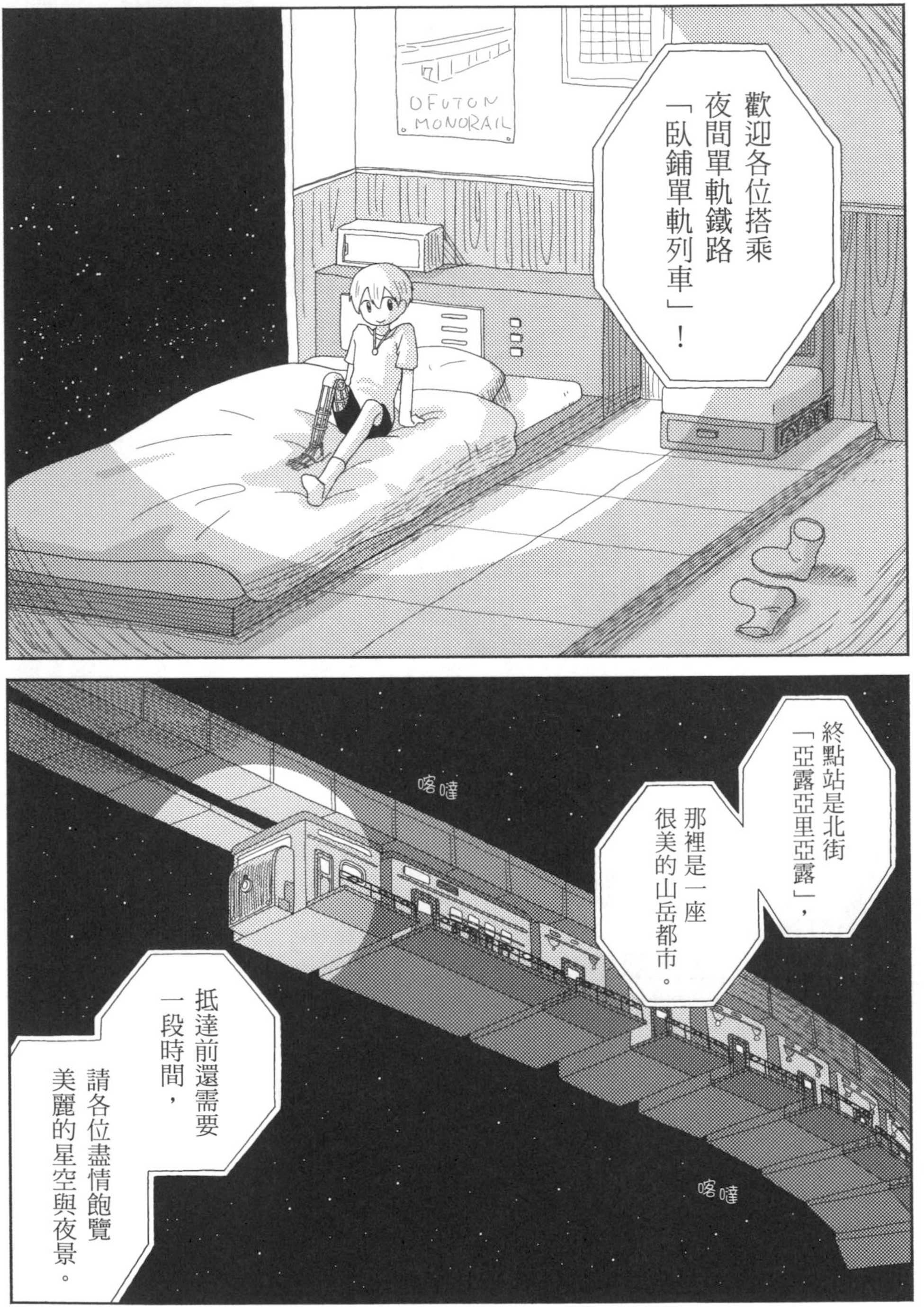
OFUTON MONORAIL
歡迎各位搭乘夜間單軌鐵路「臥鋪單軌列車」！
終點站是北街「亞露亞里亞露」，
那裡是一座很美的山岳都市。
喀噠
抵達前還需要一段時間，
請各位盡情飽覽美麗的星空與夜景。
喀噠

今天將由我——姬可姬擔任駕駛。
303先生，好久不見了呢！
好久不見了，司機小姐。
妳最近過得好嗎？
我過得很好！
今天您是因為文化保存局的工作而來嗎？
不是，今天我休假。
妳還是老樣子，會對每節車廂單獨廣播呢。
是啊。
要是都用公共廣播，我很快就沒事做了。
呵呵呵。
——那麼，303先生。

為紀念列車停駛，這班「臥鋪單軌列車」即將展開最後一趟「告別之旅」。
感謝您長年來的厚愛與搭乘。
本車次將贈送您一個特製的枕頭作為紀念禮物，代表我們的一點點心意。
哦！
請從面板選擇您喜歡的款式！
嗶
熟睡款
好夢款
熬夜款

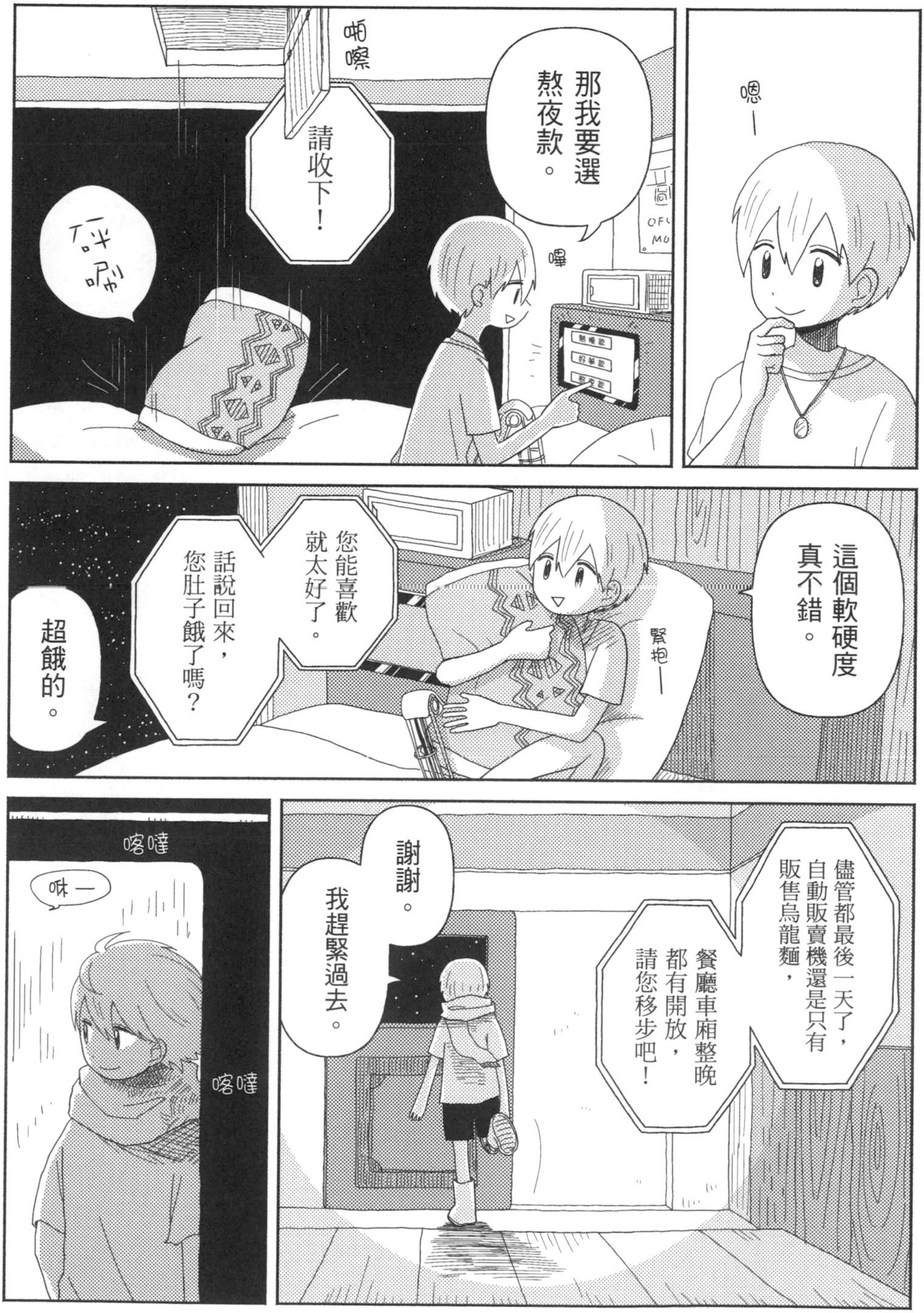
嗯—
那我要選熬夜款。
嗶
請收下！
啪嚓
砰唰
這個軟硬度真不錯。
緊抱—
您能喜歡就太好了。
話說回來，您肚子餓了嗎？
超餓的。
儘管都最後一天了，自動販賣機還是只有販售烏龍麵，
餐廳車廂整晚都有開放，請您移步吧！
謝謝。
我趕緊過去。
喀噠
咻—
喀噠

喀噠
喀噠
叮
餐廳

油豆腐
烏龍麵
蛋瑪戈
烏龍麵
辣味
烏龍麵
按
嘩啦
HOT
漂浮
咖啡
ICE
漂浮
咖啡
COOL
漂浮
咖啡
按
嘩—
嘩啦

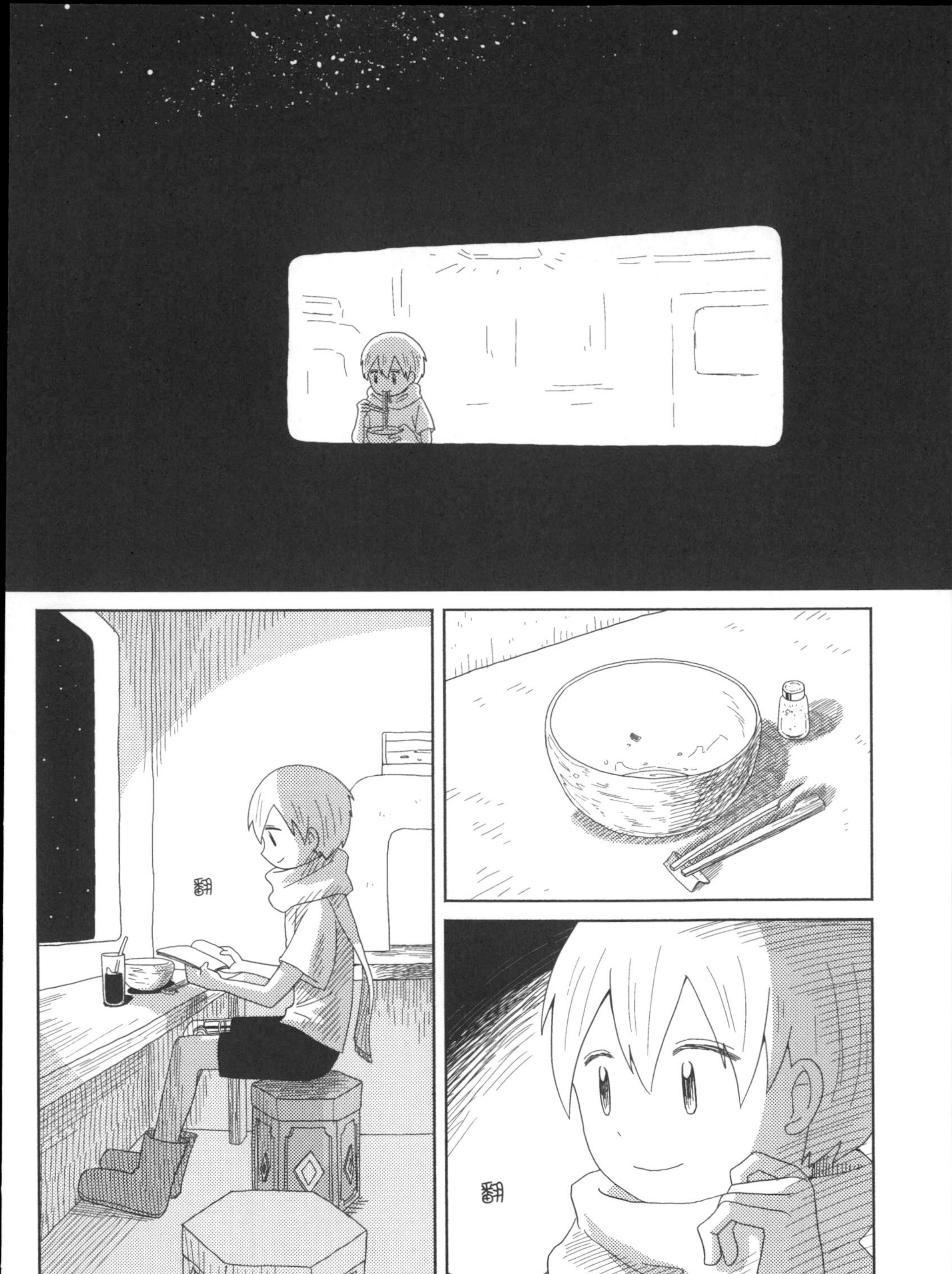
翻
翻

翻
我超不會用免洗筷，難道只有我掰不開筷子嗎？
司機小姐的廣播感覺很不錯！
我跟朋友一起來搭乘，棉被軟綿綿的，我超喜歡。
這是我第5次搭這班列車，今天是自己一個人的旅行。不時聽見的「叮」到底是什麼聲音？炎熱的日子，夜景總是特別美麗。
我是來吃烏龍麵的。辣味烏龍麵真美味！
303先生。
司機小姐，妳好。
您好。
真的好久沒見到您本人了。
現在是妳的休息時間嗎？
是的，大概1小時左右。
現在列車是由魂體程式在行駛的。
我可以坐您旁邊嗎？
請坐。

您在看什麼呢？
我在看乘客們的留言本。
咦！那是什麼？
哎呀！妳不知道嗎？
留言本一直都黏在這張桌子下方喔。
什麼!? 我第一次聽說……
聽說是很久以前的某一位乘客悄悄放在這裡的。
後來就一直都有人偷偷在上頭留言。
掰
真的啊～
吃完後要看一下嗎？
有沒有寫我的壞話啊？
我還沒看到。
真的都沒有我才要看。
呵呵呵。
喀噠
喀噠

呼～
餐廳
「墜落烏龍麵」真是太好吃了。
滋味會令人上癮呢！
請不要幫它取這麼不吉利的名字。
餐廳
303先生接下來是要熬夜吧！
需要借書給您看嗎？
謝謝，但不用了。
今晚我打算待在外面的走道上。
咦？
您打算一整晚都待在外頭嗎？
是啊。
您預計要做些什麼呢？
嗯～

我打算什麼都不做，
只是看看外面
而已。
司機小姐，
祝妳有個
美好的夜晚。
……
303先生，
也可以讓我，
陪您在這裡
待一下嗎？
叮

好天氣真是太好了！
嗯。
地面上的景物都看得很清楚。
嗯，而且現在也剛好行駛在比較低的高度。

303先生，您該不會每次都待在這邊熬夜吧？
沒有啦。
因為棉被也很舒服，我都會進進出出的。
呵呵。
我還是第一次這樣待在外面欣賞。
不過，完全沒有什麼值得一看的驚人美景……
您不會覺得很無聊嗎？
嗯。
要是沿路都是驚人的美景，
我就不會想來搭乘了。

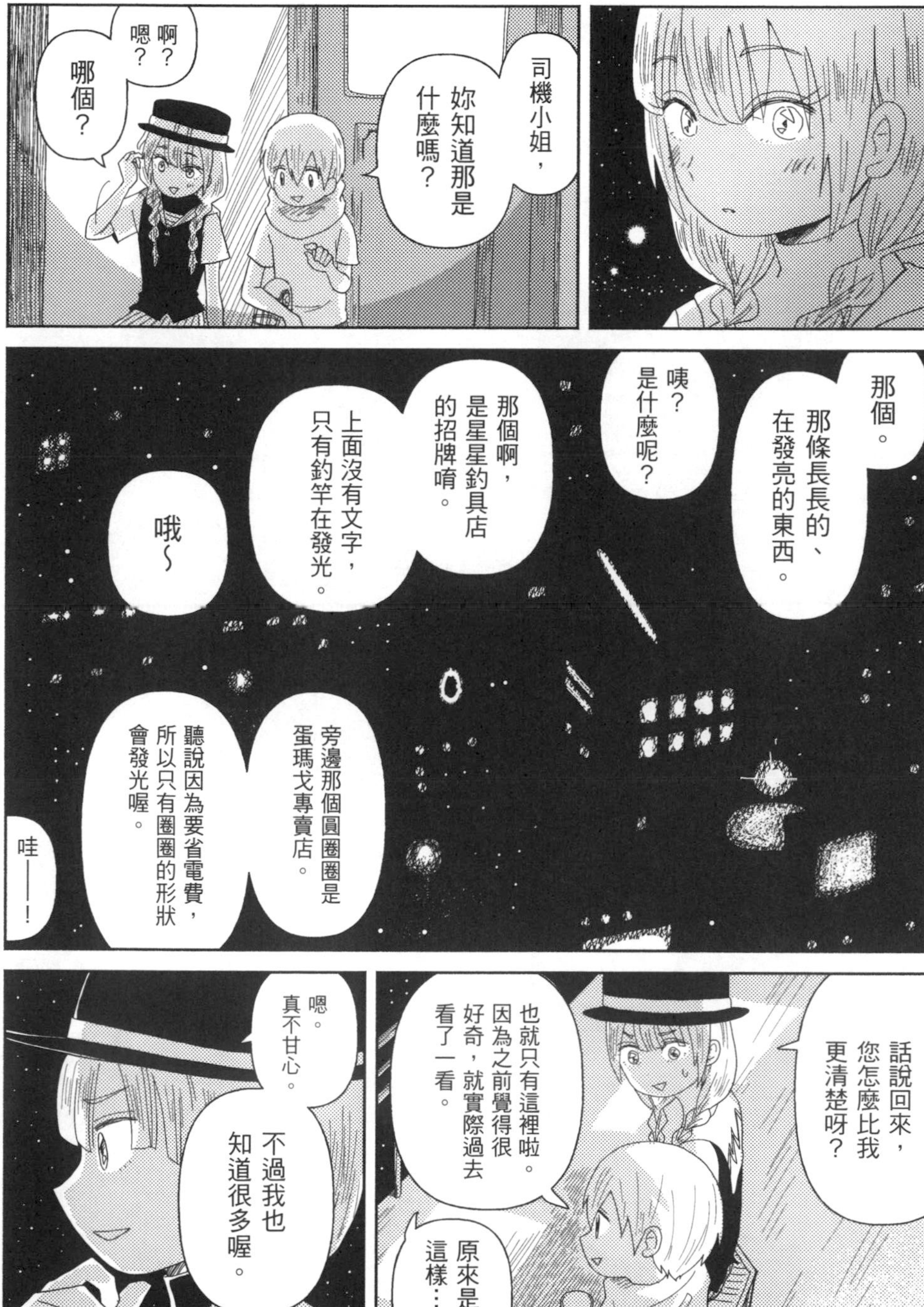
司機小姐，妳知道那是什麼嗎？
啊？嗯？哪個？
那個。那條長長的、在發亮的東西。
咦？是什麼呢？
那個啊，是星星釣具店的招牌唷。
上面沒有文字，只有釣竿在發光。
哦～
旁邊那個圓圈圈是蛋瑪戈專賣店。
聽說因為要省電費，所以只有圈圈的形狀會發光喔。
哇——！
話說回來，您怎麼比我更清楚呀？
也就只有這裡啦。因為之前覺得很好奇，就實際過去看了一看。
原來是這樣……
嗯。真不甘心。
不過我也知道很多喔。

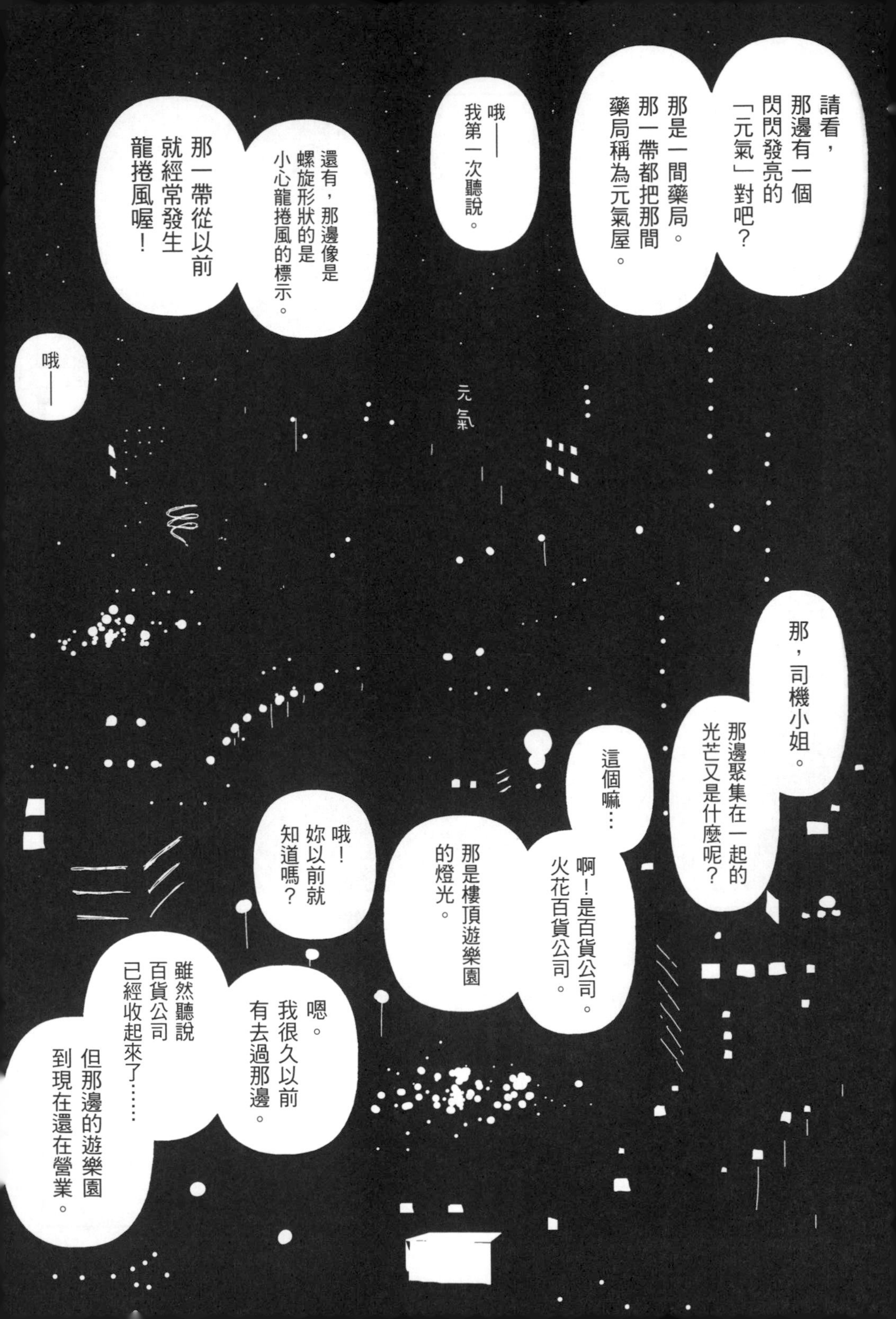
請看，那邊有一個閃閃發亮的「元氣」對吧？
那是一間藥局。那一帶都把那間藥局稱為元氣屋。
哦——我第一次聽說。
還有，那邊像是螺旋形狀的是小心龍捲風的標示。
那一帶從以前就經常發生龍捲風喔！
哦——
元氣
那，司機小姐。
那邊聚集在一起的光芒又是什麼呢？
這個嘛……
啊！是百貨公司火花百貨公司。
那是樓頂遊樂園的燈光。
哦！妳以前就知道嗎？
嗯。我很久以前有去過那邊。
雖然聽說百貨公司已經收起來了……
但那邊的遊樂園到現在還在營業。

……303先生，這班列車啊……

車廂已經全部都決定要進行廢棄處理了。
大部分居民都陷入睡眠，技工嚴重不足，
而且聽說也沒有能夠回收的廠商了。
只有軌道會保留下來。
因為要拆解軌道並不是件容易的事。……
那，從今以後，
這裡的主角就變成是軌道，而不是車廂了呢。
這樣啊。

我想要掛上很多燈泡，讓這裡變得閃閃發亮。
這樣肯定很漂亮，一定要掛滿喔！
對吧！
說的沒錯。
如果是不知道這班列車的人，
一定會很驚訝，指指點點地問著這是什麼吧！
嗯。
303先生。以後也要再過來看看喔！
嗯。

我也差不多，該離開了。
好的。
司機小姐。
我覺得……留下來的不是只有軌道而已喔。

餐廳
旅途中的
心情小語

episode.09 終

episode.10　海邊的閱讀燈

要買盞燈嗎？
哦！
喲！年輕人。
要買盞燈嗎？
我要很多盞。
這盞是什麼燈呢？

這是一種名叫雲雀的飛機著陸燈。
這是為了守護航空旅行安全用的喔！
哇～我要買。
這個是給菫花的燈罩，
只要罩在菫花上，就可以維持一段時間不枯萎喔！
啊！我以前吃過。
少騙人了，你應該只是看過吧。
很美味呢！
真的假的！
哈哈。
這個呢？
這是不知道為何會發光的繩子。
呵呵呵，請給我一條。
總共多少錢呢？
感謝您的惠顧！
一共5000plan。
5000……咦？
我這邊沒有plan？
什麼嘛！年輕人居然沒錢啊～
不是啦、不是啦！
CHU

我手頭上只有奇隆或鈹。
我沒聽過這兩種貨幣。
話說在前頭，我這裡可不能以物易物喔！
嗯——我再想想辦法。
嗯——
那、年輕人，你今晚要不要來打份工啊？
有個製作閱讀燈的工作急需人手喔！
我要做！
居然立刻答應！
因為聽起來很好玩啊～
既然如此，趕快過去吧。
那邊還在等人手到齊呢。
到齊？
嗯。
對方拜託我多找一個人過去幫忙。

沙——

這裡是大海嗎？
應該吧～
為什麼大海在發光呢？
說到這個嘛～
好像是有種會發光的礦物粉末混入海水裡。
只要像這樣在瓶子裡裝入滿滿的海水，閱讀燈就完成了。
這樣就好？
對呀。
這種簡樸感很受歡迎喔。
它還具備了預防熬夜的功能呢。
那是什麼功能？
你等一下就知道了～
那邊擺了很多空瓶，你把空瓶全部都裝滿吧。
好的。
那我幫妳分擔一些工作吧。

皮皮。
竟然會遇到認識的人。
就是啊，在這廣闊的宇宙裡。

扶
好久不見了，皮皮。
妳怎麼會在這顆星球？
哎呀！看來你們交情不太好呢？
她好像滿討厭你的耶。
我看啊，
還是別讓你們獨處比較好吧？
不，沒關係的。

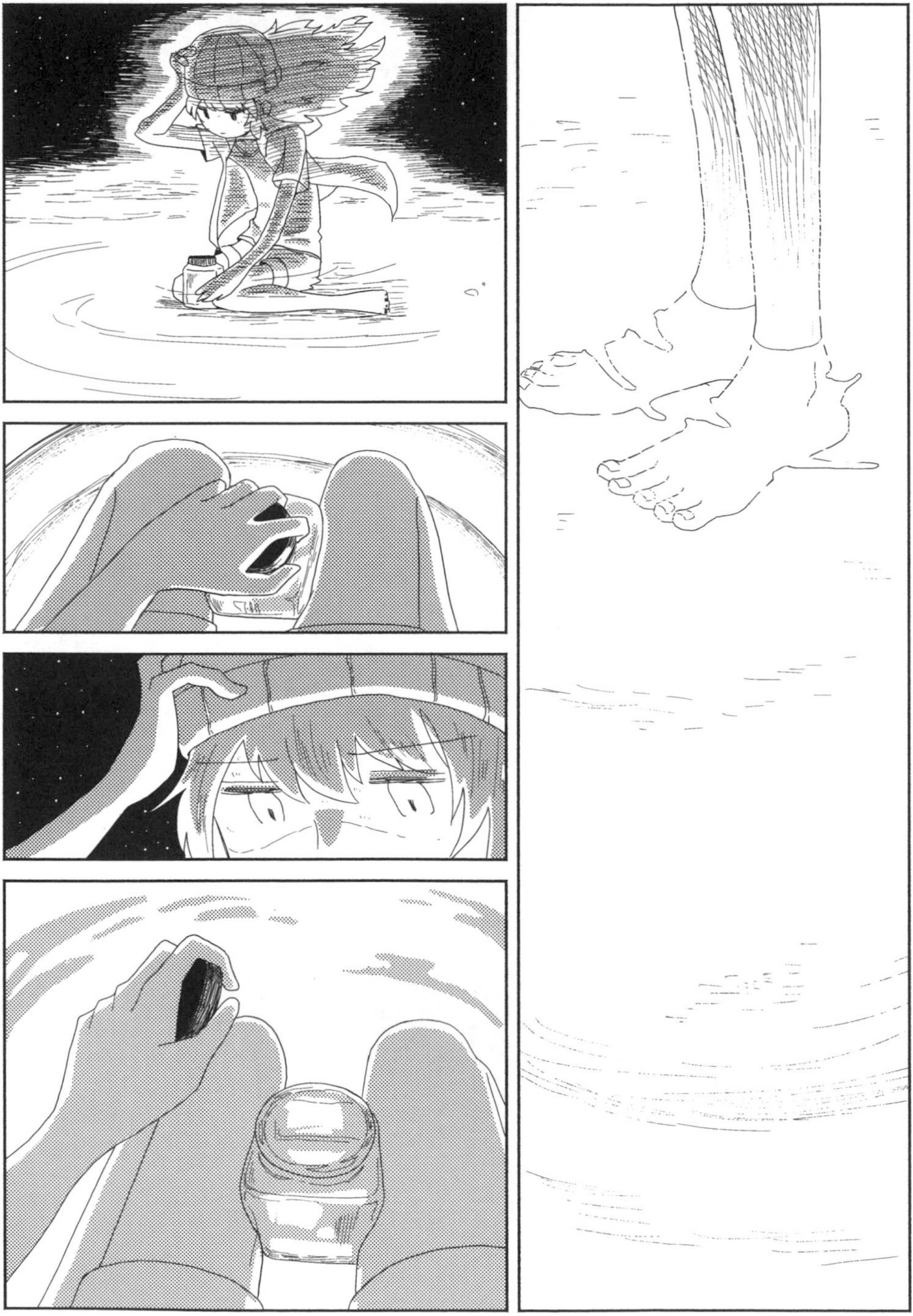

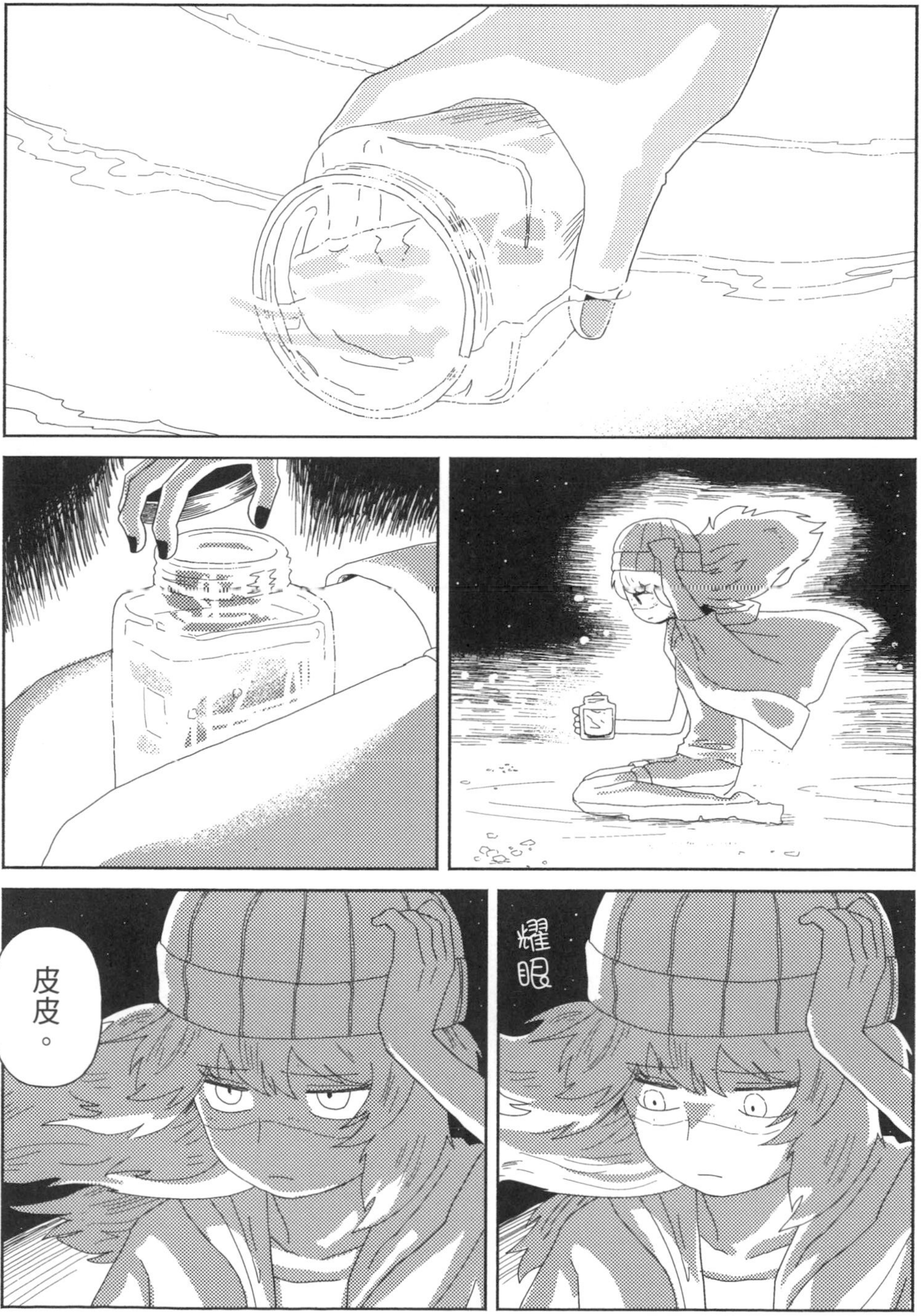
耀眼
皮皮。

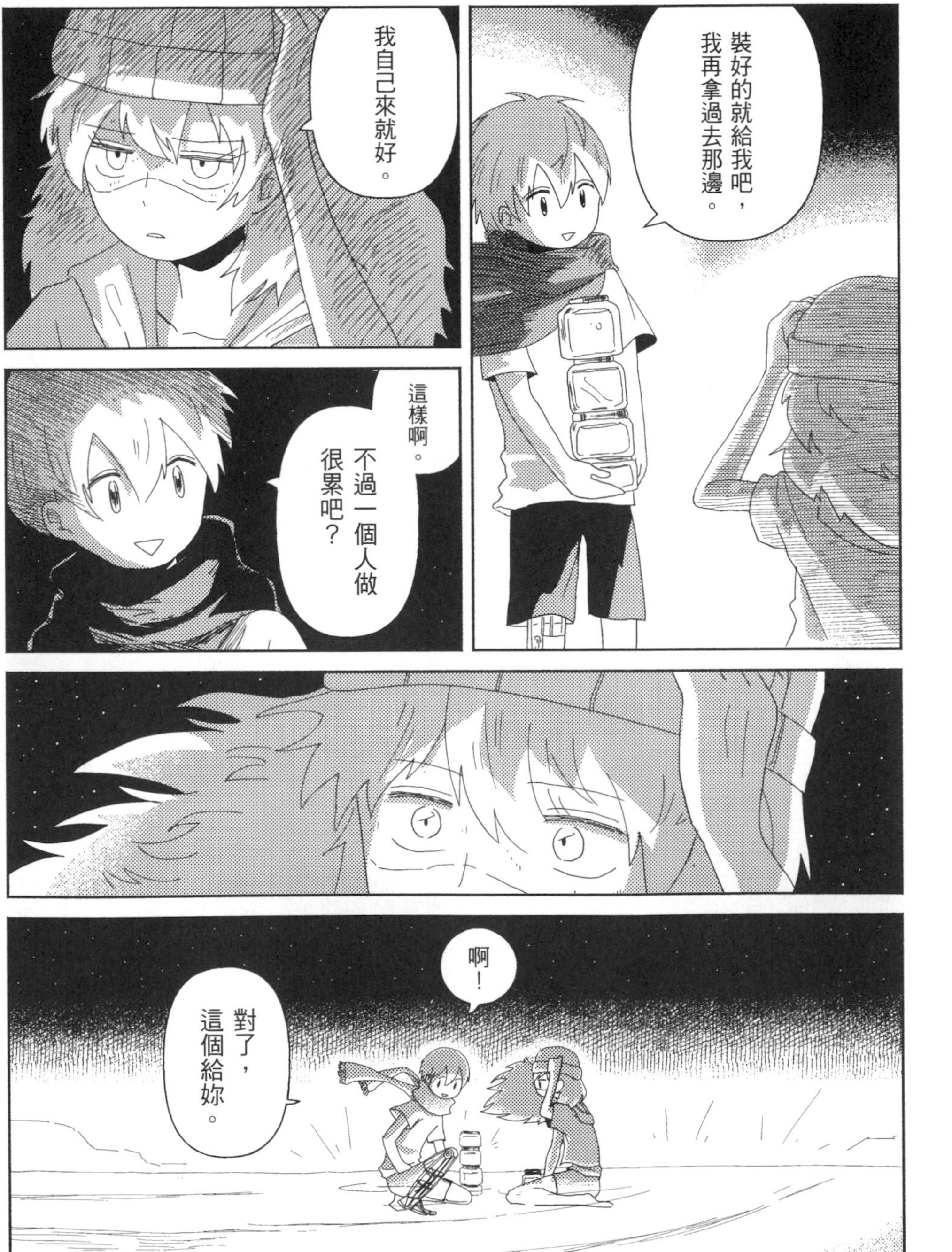
裝好的就給我吧，
我再拿過去那邊。
我自己來就好。
這樣啊。
不過一個人做
很累吧？
啊！
對了，
這個給妳。

吶。
……這是？
不知道為什麼會發光的繩子。
拿來綁好帽子，就可以把兩隻手都空出來了。
這裡的風很大喔——

感謝你們兩位幫忙，辛苦了。
您也辛苦了。
拿去。這是收工後的鮮乳汽水。
謝謝。
我人會在卡車那把標籤都貼在瓶身上。
你們倆就用用看閱讀燈吧。
這裡的書請隨便看。
哇～
咚唰

啪咚

啪噠
…
妳先請。
那本書
我以前看過了。
啊！
抱歉啊。
收手

往那邊一直走，有間舊書咖啡店。
在那間店可以看到很珍貴的資料，
我因為接到了要確認店家情況的任務，才會來到這顆星球。
店長他又剛好和賣燈小販是朋友，
他就拜託我今晚幫他個忙。
哦。
我待會去看看。

……你對每個人都很親切，這一點我從以前就知道了。
雖是這樣說，但我其實不信任你。
直到現在我依舊也是抱著同樣的想法沒有改變。
不過……你剛才幫了我，
謝謝你。
……關於我•••頭上的事，
你都知道了嗎？
我不知道喔。
我只是覺得妳看起來好像不想脫下帽子。
……嗯。

不過我倒是知道關於妳的故鄉星球的事喔。
有著藍色的夕陽，是顆非常漂亮的星球。
因為樹的關係，發生了許多事情。我也知道妳討厭我喔。
等我取得通行許可證後，我就會前往那邊拍攝。要幫妳拍些什麼嗎？

……
閃耀……
閃耀
咦？
……？

哎呀，變黑了。
……
喂——
你們久等了。
啊！賣燈小販。
光線全都消失了耶。
對呀。
這就是預防熬夜的功能！
咦？
每到深夜的這個時間，海上的光芒就會全數消失。

裝進瓶子裡的光芒也漸漸消失了。
這是什麼意思？
嗯。
所以啊，這種燈沒辦法在有時差的地方販售。
因為無論距離大海多遙遠，
每到這個時間光芒就會消失。
哦——
這是因為它一直惦記著，
故鄉的夜晚吧。

……303。
嗯？

你什麼都不用幫我拍。
我的故鄉，
只存在於我的記憶裡而已。
對我來說，
這樣就夠了。

我明白了。
那……要是妳改變心意，出發的前一天再跟我說。
……你哪時要出發？
還沒決定。
……
你的故鄉在哪裡？
嗯？
偶爾也說點你自己的事情吧。
故鄉啊。
那是個靜謐、
美麗、
令人懷念的地方。

episode.10　終

episode.11 〈天使〉

MOON GATE

鋸鋸鋸
呼呼呼
鋸鋸鋸
啪嚓
咻—
啊——

呃……
戳到牆壁了……
嗯——
用小刀來切棒子還真不好切呢。
換成剪刀會比較好剪嗎……
砰咚
嘰——
砰咚
!?
?

咦！
是人！
……
啊！嚇我一跳。
起身
啊！他動了。
嚇
你好。不好意思嚇到你了。
不會啦。
你沒事吧？是摔車了嗎？
是啊……
啊，這邊破了。
……等我一下！

咚咚
喀啦
這個……縫紉包，借你。
欸，謝謝。
你怎麼會在這個什麼都東西沒有的地方摔車呢？
沒有啦。我一邊看風景一不小心就跌下來了。
咦～？

你的家好漂亮喔！
真的嗎？這種建築樣式還滿常見的耶……
小哥，你該不會是旅人吧？
是的。我是PGT公司的星旅人。
文化保存局登記證號303……
咦？那是名字是？
我沒有名字。你想怎麼叫我都可以。
咦～
原來世界上也有沒有名字的人呀。
當然有呀，宇宙是多麼的廣闊。
呵呵。
我叫作慶克。
慶克。
不好意思，請問你會收尾打結嗎？
嗯。
這邊要這樣……
咦？
抱歉，我笨手笨腳的。
呵呵呵。

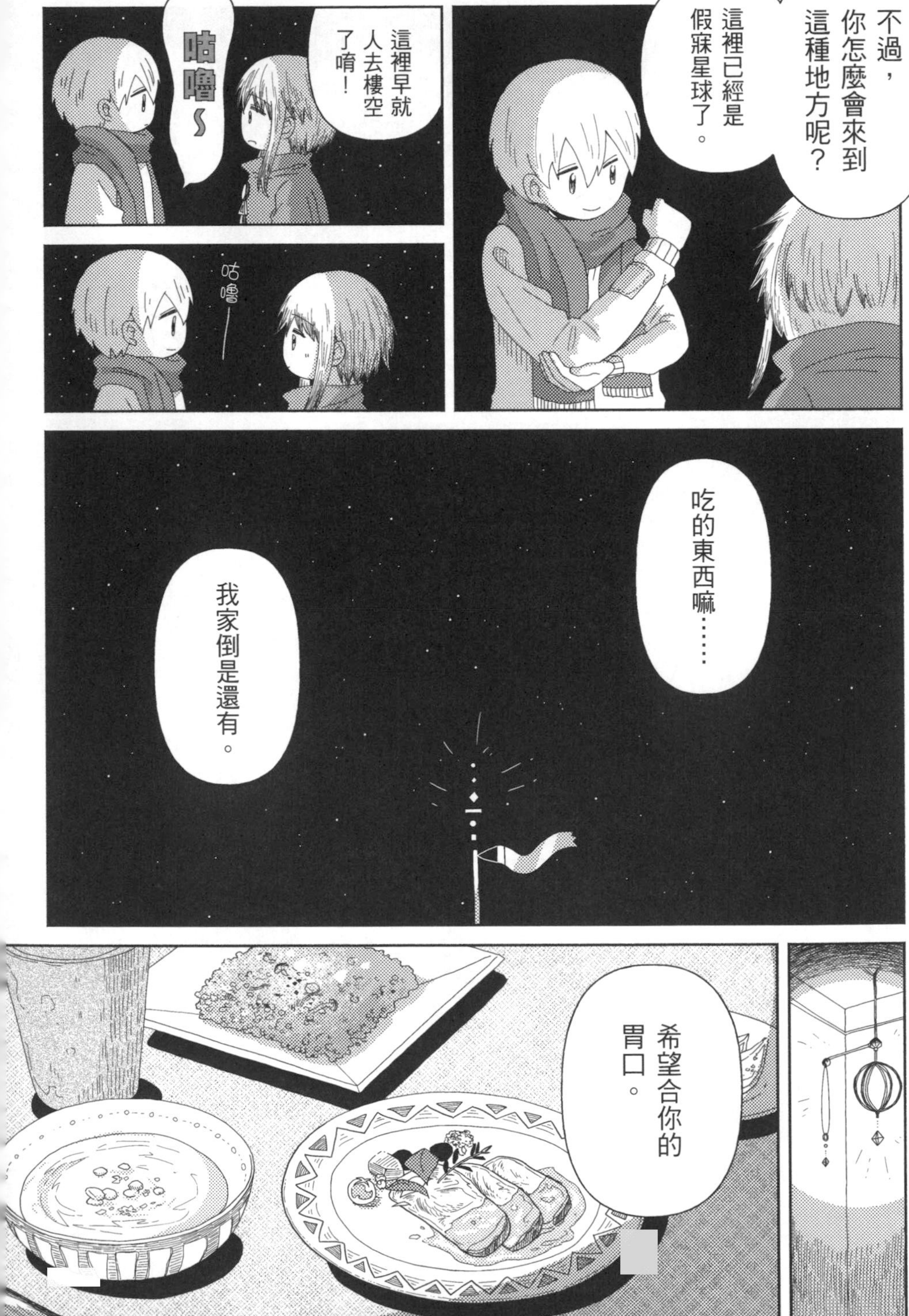
不過，你怎麼會來到這種地方呢？
這裡已經是假寐星球了。
這裡早就人去樓空了唷！
咕嚕～
咕嚕——
吃的東西嘛……
我家倒是還有。
希望合你的胃口。

這裡有番茄燉飯、香煎橙草脂烏肉、馬鈴薯濃湯。
謝謝
咕嚕～
已經可以吃了喔……
好大聲……
我可以拍下來嗎？
咦？我家的料理很罕見嗎？
不會啊，到處都看得到。
就是這樣才好。
喀嚓 喀嚓
……
不過，文化保存什麼的，聽起來好像是很好玩的工作呢！
是啊，很好玩喔。
因為每顆星球都有著各自有趣的事物，也有很獨特的習俗。
啊——
透過外人的視角才能看得出來有什麼特別之處。
那個微縮模型是什麼呢？

這是這個家的微縮模型。
是陷入無法醒來的睡眠時，的護身符。
在陷入睡眠前，大家都會親自製作好自己的微縮模型。
喀啦
哇——
裡面也好精緻喔！難度很高呢。
嗯。不過做起來很好玩唷。
因為家凝聚了許多的回憶，在製作模型時，就會回想起那些過往的回憶……
原來是這樣啊。

這個也可以讓我拍個照嗎？
咦？這個嗎？
不行不行。
為什麼？
因為不是做得很好，我會害羞。
而且也還沒做完。
那……
做完後請讓我拍1張就好。
……
可以是可以，不過……

因為我都已經變成這樣了。
在做完之前可能就會先睡著了。
即使這樣也沒關係嗎？

沒關係。
啪嘰
啊ー
又來了！
鋸鋸…

今天還是就先睡吧……
呼—
……那位旅人自然而然就這樣住下來了。
他，還沒睡呢。
已經好久沒看到，那扇窗戶的燈還亮著……

MOON GATE

好美的景色喔！
哇啊！
嚇我一跳。
呵呵。抱歉啊。
嗯……你還沒睡嗎？
UCHU

我口渴了，想說能不能跟你拿些東西喝。
那，宇宙先生也要來點薑汁汽水嗎？
誰是宇宙先生？
來自廣闊宇宙的你啊。
原來如此……
托比亞斯森林，閃耀著呢。
啵
嗯。
也許是大家都把自己的迷你模型裝上燈串，
再隨身帶著前往森林。
是這樣嗎？
喔～

咕嚕～
真是的，宇宙先生……
不是我啦，這次換你了喔。
呵呵呵。
該用什麼謝禮才能報答你讓我借住一晚呢？
那來做做我的獨家蛋瑪戈玉子燒好了。
哇！好想吃。

這是什麼？
也太好吃了吧。
有夠好吃的耶……
因為是三更半夜的緣故，感覺又更好吃了對吧。
啊，有這個可能喔……
自從我發芽已後，就算不吃東西也完全沒事的說。
總不大可能一夜之間就突然變成一棵樹吧！
嗯。
……那個，宇宙先生剛剛沒睡覺在做什麼呢？

我也在做這個家的微縮模型。
沒有材料，就用紙。
咦？為什麼？
只是做個好玩而已。
是嗎？沒有要讓公司保存嗎？
得是你做的迷你模型，才有保存價值。
我做的就只能算是個人的興趣而已。
看來你真的很喜歡這些東西呢！
啊！對了！
我家裡有間祕密房間，
你可以做那間房間喔。

就是這裡。
這一道門沒有門把，要怎麼打開呢？
你看喔。
咚咚
喀噠
這樣。
別人家裡的設計真是難懂啊！
這是什麼設計？
請進……

這幅是天使的畫。

應該是從前住在這裡的人留下來的畫。
……好美的一幅畫喔。
這裡是專門用來欣賞這幅畫的房間。
真是不錯呢。
……不過啊，這並不是天使喔。

這叫做「鳥」。
……鳥？
嗯。現在已經沒人認得了，是種古老的生物。
……現在已經不存在嗎？
已經不存在了。
因為，所有的鳥都死了。

「死」是什麼？
是一種跟睡眠不一樣的結束方式。
很可怕、也很痛苦，
而且，是種非常寂寞的結束方式。

……我還是第一次聽到。
宇宙是很廣闊的。
鳥，

已經
不存在了。

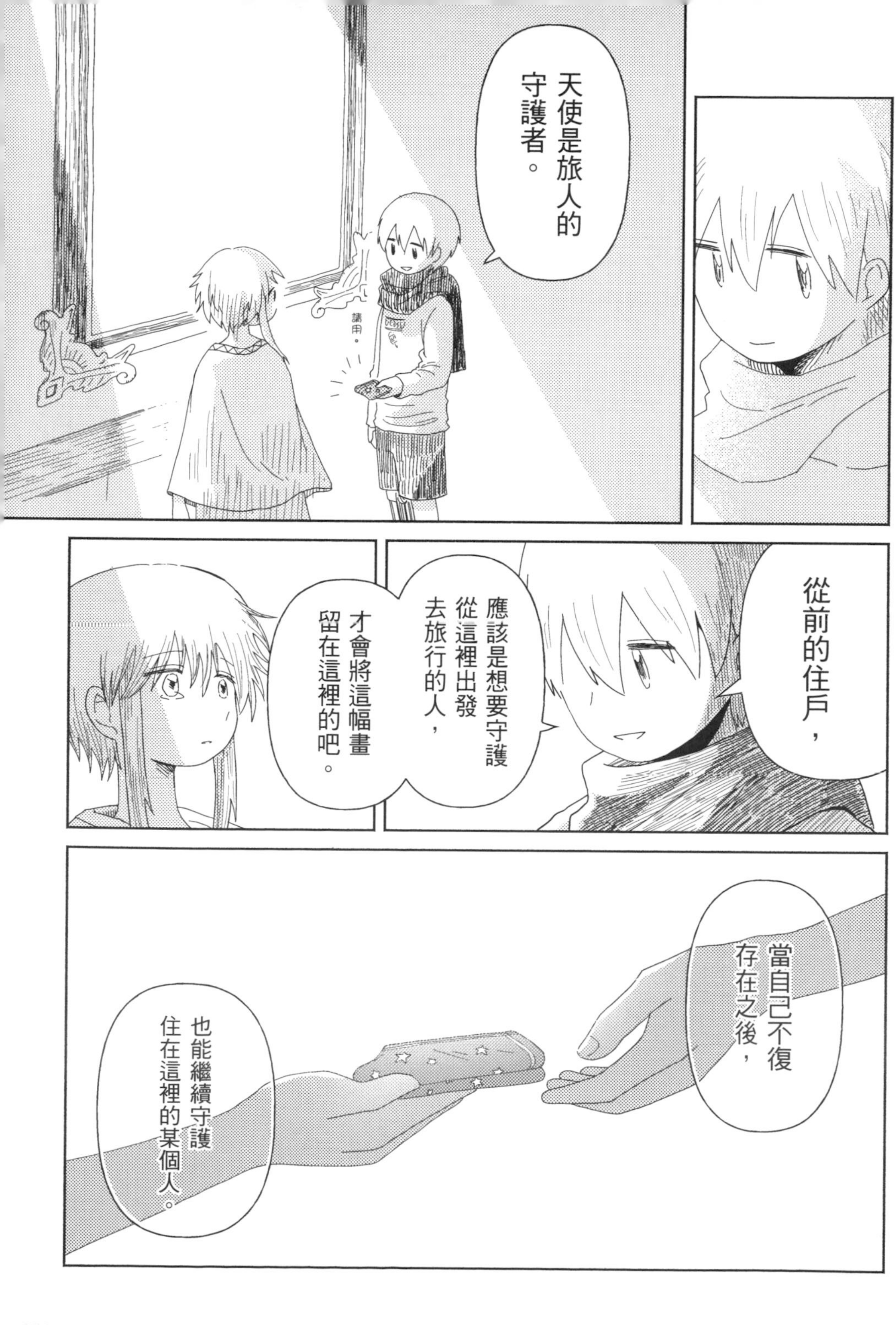
天使是旅人的守護者。
請用。
從前的住戶，
應該是想要守護從這裡出發去旅行的人，
才會將這幅畫留在這裡的吧。
當自己不復存在之後，
也能繼續守護住在這裡的某個人。

當某個人有天不在以後，
還是能像這樣繼續地，和其他人產生連結。
……嗯。

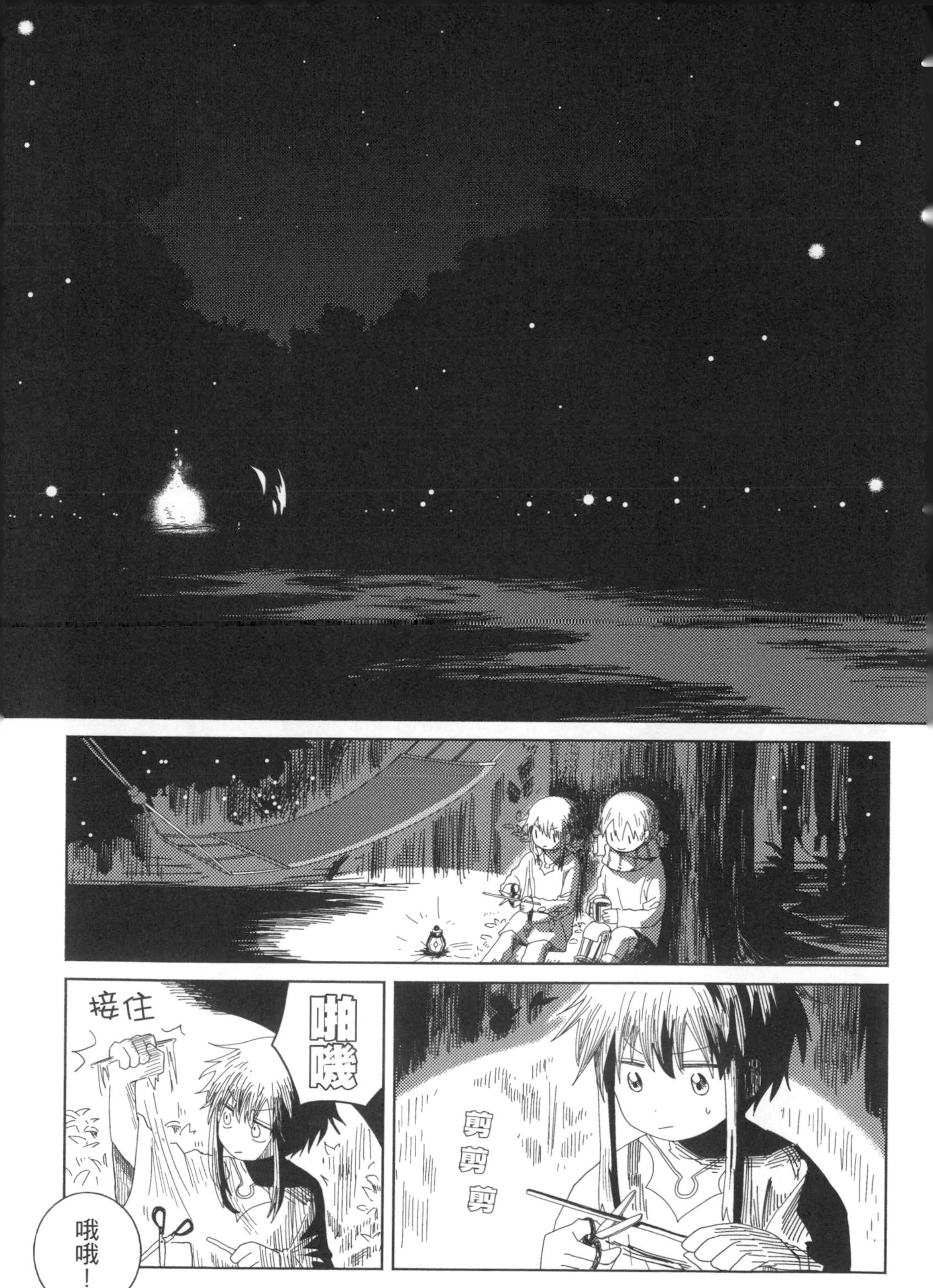
剪剪剪
啪嘰
接住
哦哦！

……完成了。
恭喜你。
謝謝。
你待了這麼多天協助我，真是幫了大忙。
反正我也很閒啊。
呵呵。

感覺好像在大街上喔。
嗯。

聽說人類
睡著了之後，
魂體會搬進去
微縮模型裡喔。
……這是真的嗎？
宇宙先生
知道嗎？

……聽說托比亞斯樹，
會用看不見的根部，彼此緊緊相連。
……人類的魂體。
就會經由樹根，一起回到同一個地方。
……大家會回到哪裡呢？

一個靜謐、美麗，
令人懷念的地方。
……原來是這樣。
既然如此，
我到時候應該也能再見到家人跟宇宙先生吧。

嗯。
那個，宇宙先生。
逼近
我的眼睛現在看起來怎麼樣？
是鮮紅色的，看起來非常漂亮。
……這樣啊。

那……
我應該不會再醒過來了吧。
嗯。
……宇宙先生，
我啊……
感覺有點奇妙。

我現在感覺
一點都不害怕、
也一點都不痛苦。
……好想睡、
好想睡，
感覺……
非常舒服。
嗯。

這個，
送給你。
雖然我做得
沒有很好，
但這是我
最重要的家。

我希望，
你可以收下。
這樣的話，
感覺我就，
稍微沒那麼寂寞了。

我會好好珍惜它的，
直到永遠。
……謝謝你。
謝謝你，宇宙先生。
像這樣子，
陪在我身邊。

謝謝你。

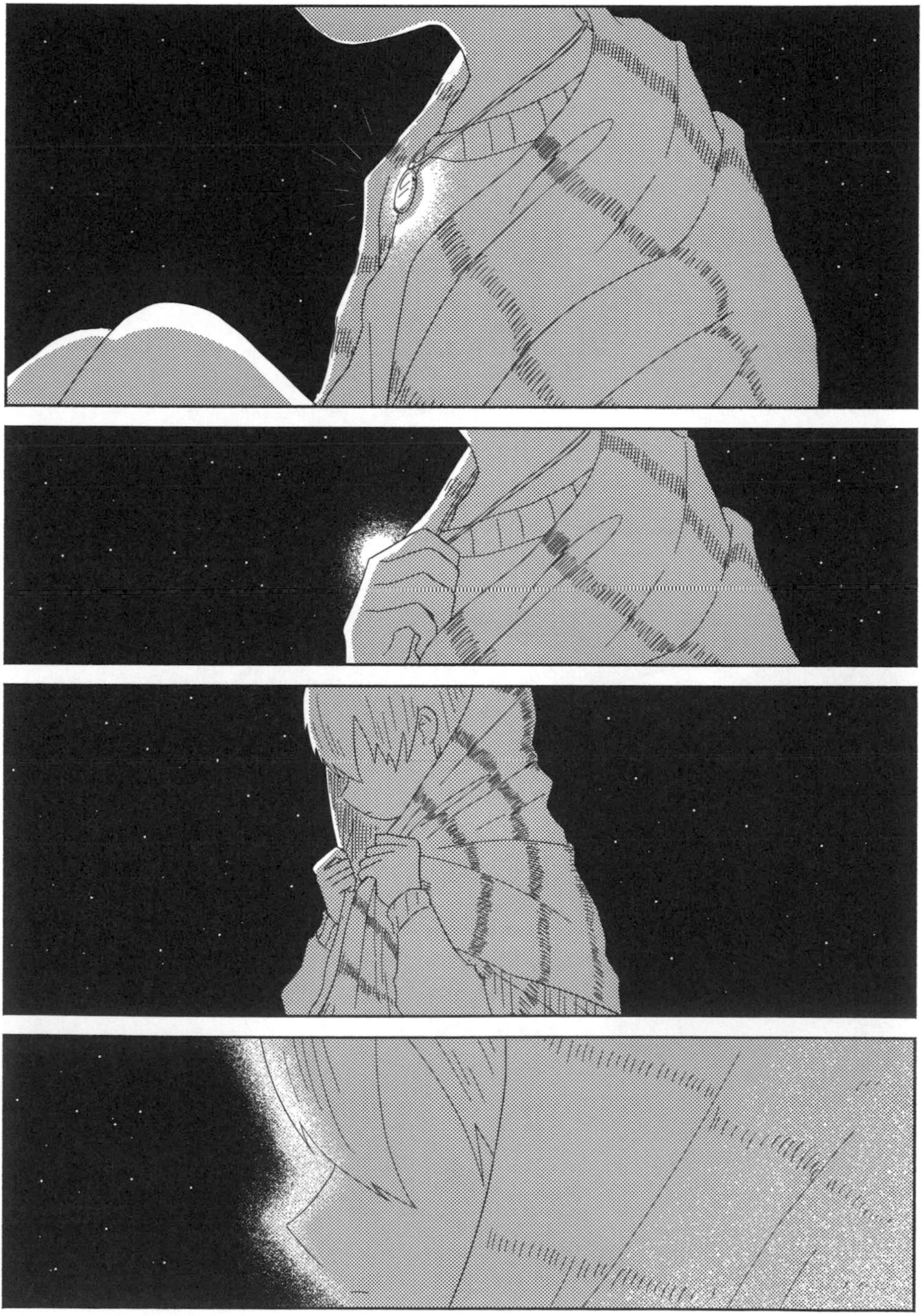

303。
你待在這裡做什麼？
會感冒的喔。
你該不會是，
在哭吧？

……沒事。
只是腳，動不了而已。
你這是……
什麼樣子呀？

托比亞斯。
這位是誰呀？
我不認得他，是你的戀人嗎？

真抱歉啊，
出現在這裡的既不是他，也不是「天使」。
……怎樣都好。
你來是要做什麼？

因為很久沒見了。
想和你聊聊，
托比亞斯[Tobias_303]
episode.11 終

Star Tripper

星旅少年

星辰魂遊旅人誌

坂月魚

2

作者：坂月魚
譯者：林慧雯
責任編輯：蔡亞霖
書籍編排：劉凱西
發行人：王榮文
出版發行：遠流出版事業股份有限公司
地址：台北市中山北路一段11號13樓
劃撥帳號：0189456-1
電話：(02) 2571-0297
傳真：(02) 2571-0197
著作權顧問：蕭雄淋律師
2024年6月1日 初版一刷
定價：新台幣320元
缺頁或破損的書，請寄回更換

遠流 YLib 博識網 ISBN：978-626-361-701-8
http://www.ylib.com E-mail: ylib@ylib.com
PIE International
Originally published in Japan by PIE International
Under the title 星旅少年2（*Star Tripper 2*）

Original Japanese Edition Creative Staff:
著者　坂月さかな
デザイン　公平恵美
ロゴデザイン　松村大輔（PIE Graphics）
編集　斉藤 香
Complex Chinese translation rights arranged through Bardon-Chinese Media Agency, Taiwan